问鼎21世纪
新文化

上海福卡经济预测研究所 著

学林出版社

编委成员

目　　录

问鼎21世纪新文化

前 言

王德培

对于文化,很多人都能有感而发,并且颇有见地。的确,身处拥有数千年灿烂文化的中国,没有一定的文化观是很难以置信的。一谈到关于文化研究的作品,几乎所有的学者、文化人都会不约而同提出雷同的模式,即研究文化一定得以史为鉴,这是前提。倘若忽视历史与传统,那便是肤浅的、不严谨的、没有权威可言,研究者也是缺乏功力的,甚至是一派胡言。在我国想成为一名出色的文化学者难度很大,因为你若因循守旧,便很难超越前人,始终生活在"大家"的阴影中;你若不拘常理、突破创新、标新立异,那就要承受各种"卫道士"的批判与封杀。而且若不按沿袭成形的文字、观点、风格、逻辑、模式来研究,结果就可能完全被视为"另类",研究成果就不会被认可,乃至被否定。

造成文化领域"板结"的主要原因有二:其一,过分看重历史的权重,对历史发展的原有规律顶礼膜拜,少怀疑,不否定。"历史是未来的坐标"、"原有规律绕不过",对此说法几乎没有人置疑,也正因如此,才会出现

问鼎21世纪新文化

1

固化的文化研究模式,连学术风格都要整齐划一。历史文化之根已深深扎在文人的心中。其二,正因为原有规律极其重要,才会有为归纳一般规律而出现的各色各样、完美的理论体系,并以为可以用此理论体系,达到"放之四海而皆准"的终极目的。黑格尔的思想体系极其完整,甚至《反杜林论》的主角——欧根·杜林也自命不凡地认为他的哲学可以"终结"一切思想问题。其实,每种体系都有不同的时代背景与假设前提,而它们又处于不断的发展与变化之中,以至于一个体系刚刚诞生就可能被现实抽掉理论前提,结果是出尽洋相。现实生活始终领先理论研究,这也是对"理论是灰色的,生活之树常青"的无奈解读。

当今世界,正处于人类文明转型的阶段,日新月异的技术突破正不断地抽掉现存文明的基石。千百年来,人类坚信发展中的因果关系,可是在亚原子世界里,因果关系的概念不复存在,有的只是可能性。历史经验、原有规律在分析现实、预测未来过程中的权重正在下降,这是个令人颇感无奈的趋势,然而这种无奈却是世界文明巨大进步的前提,它要求人类更换视角,用新的思想方法去认识世界、改造世界。再按以往的一般规律指导实践,则有可能重复刻舟求剑的故事。"不换脑子就得换位子",对于国家来说就是被边缘化,国家战略受制于人。没有文化上的革命,企业竞争、民族竞争、国家竞争就只能停留在现有基础上，不可能发生重大突破性进步。倘若一定得讲历史与原有规律，那只能得出这样的结论，即凡是成功者都是革命派，最本质特征就是否定历史，敢于超越，用特殊性突破原有规律制约。

　　符合这种特征的国家，其文化就是以"星云型"为标志的，即强调碰撞、冲突、扩张、否定，面向未来，以探索、征服未知为导向，受历史沉淀的影响较小，或有选择地接受历史的经验。这种国家最显著的标志就是属于食肉动物，是掠食者，其思维方式是警惕而又富于攻击性，处于主动，只关心吃与被吃这两件事，相应的行动也以吃或逃为主。上述描述在现实中的载体就是美国，它也是迄今为止最成功的国家之一。它的成功在于它无"根"（历史短，吸收欧洲文明的精华，剔除了糟粕），只是目前美国文化开始进入"寻根之旅"，即把自己的经历模式化、固定下来后再去"格式化"其他文化，比如"华盛顿共识"就充当了美国格式化全球的主要工具，当然它也是美国文化有根化的标志。不过，美国社会的智者们也在反省，并提出如何确保活力的建议，如约瑟夫·奈的"软实力"，布热津斯基的"大抉择"，以及亨廷顿的"我们是谁"等。

　　与"星云型"文化相对称的就是我们比较熟悉的"树根型"文化。这种文化的现实载体的思维方式与食草动物相似，只关注一件事，即是否被吃，若是则跑，若非则和平共处,基本处于被动,不会主动打别人的主意。根本原因就是在于"树根型"文化重视历史沉淀,喜欢从历史中寻找现实的依据,热衷于各执一词、互相争辩,也就习惯于内讧而不擅长"走出去",不愿意考虑"天际线那边的事情",坚持历史原教旨主义,认为原有规律可以解决一切,只要不断反省、提高修养,就可以"治国平天下",进而趋于保守、封闭,以搞体系为荣。在对待掠食者的威胁时要么回避,要么将其同化,成为"树根"的新枝。不过,福祸相倚,并非全中国人都是如此思维,邓小平的"三论"(猫论、摸论、不争论)却有意无意地否定了"树根型"文化的特征:用"猫论"的现实主义对待一切问题,摆脱历史的制约(对"两个凡是"的态度,实践是检验真理的唯一标准,"一个中心两个基本点"对阶级斗争的否定等);"摸论"则体现以探索为主、不搞体系的原则;"不争论"等于给创新以空间,鼓励尝试、纠错,干了再说,不急于定性,不在意言行是否有历史依据、符合文献精神。

恰恰是这种"树根型"文化社会中的"叛逆",才带来中国二十几年改革的成就,并用事实达到"解放思想"的目的,使中国人能够创造"经济奇迹"。只是他的这种不动声色的超前意识并未给文化界以冲击,使人们意识到文化人应该锦上添花,沿着邓小平的思想为创新社会提供土壤与文化基础。

21世纪的基本特征可以概括为:原有规律的边际效

用在递减,传统文化的前提被抽掉,"非典型"的变化成为潮流,无拘无束的创新大行其道。在这种环境下,提升国家竞争力的核心就是文化的革命与转型,即由"树根型"转向"星云型",把"创新是民族之魂"落到实处。

这种转型注定是漫长而痛苦的,不经历几次大挫折与痛苦的磨难,很难达成发自内心的共识。集体处于"树根型"文化影响下的远东地区目前正在遭受被历史问题纠缠不清的困扰,上自政府,下到百姓,情绪越来越激动,态度越来越坚决。韩国人甚至不惜以自焚、集体切手指等方式来表达感情。现实与本地区发展的历史逻辑并不一致。欧盟的出现无疑提供了一种新思路,只是远东地区的文化碰撞尚未经历"八十一难",还无法享受"正果"。

第一章
中国新动力困惑

当前,无论是世界不同文明之间,还是国家内部不同地域之间,文化冲突都愈演愈烈,但却不是为文化"创新"鼓与呼,而是现有文化的延展传播而导致的碰撞、冲突。尽管文化冲突带来了种种不良后果,但冲突的加剧恰恰向人们指示了文化问题的重要性。就中国而言,过去二十多年物质经济获得了前所未有的增长,这是值得庆贺的,但物质的丰足并不能确保发展的持续性,现实的发展越来越需要"文化"的补台和支撑。当前中国发展面临着越来越大的新动力的困惑,而文化问题恰恰是症候所在。

文化问题的紧迫性

文化的特殊性在于无处不在,从现实生活中的一举一动到国家层面上的战略设计、政策取向,反映的都是文化特征,虽然不能排除一些偶然性因素的干扰,但文化在国家、民族、企业及个人的兴衰成败上意义重大。就现状看,文化的重要性并未被普遍重视,在由计划经济向市场经济的转型过程中,国家政策、形势变化迅速,经济一枝独秀长达十余年,但相应的理论总结、思想方法、思维方式等意识形态的发展却滞后于物质生产,随之而来的则是一系列令人犯困却无能为力的社会问题,如社会发展新动力、新方向,社会成员的行为方式与日渐扩大的阶层落差等。在现实生活中,已经形成的"失败潮"成了社会调整的主力,这种被动的社会调整方式对社会稳定与秩序产生巨大的消极影响,很多人将在此过程中失去尊严与财富。若无一种新的文化观念解释、引导和安抚,那么今后岁月也许将被持续的无序化所困扰。没有创新文化,21 世纪的国家战略恐将面临对外被误解、对内被曲解的尴尬。就像太极生两仪,两仪生四相,四相生八卦一样,文化是 21 世纪中国发展的"太极"。

这似乎有些危言耸听,一个本能的反诘就是"过去二十五年的辉煌靠的是经济体制改革,是向市场经济转型创造了奇迹",但问题的关键不是解释历史而是创造未来,经济改革的内在逻辑是国有国营失灵靠市场配置补,市场失灵靠法制补,当法制出现失灵时依靠谁?这不得不回到本文的话题,得靠文化补,靠文化在社会成员内心形成一种普遍的认同,来弥补法律规范无法触及的领域。比如,在中世纪的德国,经过改革后的新教在财富的态度上发生了革命性的变化,它把富裕与贫困视为是上帝的赏赐与惩罚,否定了天主教关于财富充满罪恶的观念,鼓励教徒创造财富,这在资本主义发展史上的作用是巨大的。而这只是宗教文化对经济的作用。据报道,一名德国人与一名美国人在看完好莱坞大片《耶稣受难记》后大彻大悟,主动到警局投案自首,交待陈年的爆炸案与杀人案,这恐怕是文化补法制"台"的绝佳案例。

经济发展的逻辑使文化浮出水面,其非凡的影响力已被有关方面注意,"三个代表"清晰地反映出这一态势。然而,问题是"先进文化"怎样全面解释?"发展方向"指向何方?这是让有关部门无法圆满贯彻落实的症结,也是这一指导思想最具战略意义的一环。面对 21 世纪纷繁复杂的局势,穿透迷障的睿智、冷静的哲学思考、前瞻性的战略布局、高超的化解危机手段等,都成为各种渴望成功的人和团体所追求的目标。而达到这些目标的关键就是文化创新、观念解放,以符合未来发展趋势与一般规律的标准来推陈出新,放弃不适应新形势的思想观念。然而,在具体落实中却鲜有达到此层面的,这是问题紧迫性的一个方面。

没有抓到文化的要害是目前世界性的问题,因此对于各种冲突的认识也维持在头疼医头、脚疼医脚的状态,更多的是从沉淀的历史中寻找未来之路。然而,现实并不是文艺复兴之前的中世纪。复兴与"回到希腊"只是意味着对历史的迷恋与陶醉,对现实与未来的不满与恐惧,寄希望于复兴以凝聚民意,其结果只会适得其反。文化的生命力在于创新,它的悲哀在于因循守旧。在信息文明中,传统的理论一再被釜底抽薪,丧失前提,虚拟的无限空间淡化了现实世界中的各种束缚,当各主要国家把注意力盯在信息化上时,新的发展动力源也同时被锁定。美国享受到了这个好处,它不仅开创了新的交流方式,提供了交流的平台与工具,而且还制定了游戏规则。这一无中生有的创新为美国带来了整整十年的繁荣。但出于对形势的误判,使美国轻易地放弃了竞争优势,着手极不对称且前途渺茫的反恐大业,一再激化冲突,陷入伊拉克的泥潭之中。布什正在品尝没有把握冲突要害的苦果。

　　我国的工业化将在未来十年左右达到巅峰,随后便得面对发展路径与方向的选择。在工业文明与农业文明文化仍占主流的现状中,没有先进文化引导,战略机遇期与经济起飞期前途难测。毕竟21世纪国家之争主要表现在脑力之争,而决定思想方法、思维方式的文化则是脑力竞争的基础,否则就是"空招俊杰三千客,漫有英雄百万兵"。尽管有关方面早就提出文化战略,但在落实中却仍沿袭工业文明的标准化、统一化思想指导文化建设,结果是在很多方面南辕北辙,以至于目前思想、文化缺乏普遍的说服力与竞争力,自残文化、虚无文化乘虚而入、大行其道,一些人的人生观、世界观、价值观简直无法见诸纸面。在许多人中，信仰迷失，人心不古，与"和平崛起"的主旋律不相匹配，呈现出没有理念约束的世俗社会景象。

在国内文化领域无法提供开创性、引领性思想面对21世纪的时候，美国的少数有识之士正在酝酿运用"软实力"，即文化影响力覆盖全球，完成军事、经济无法达到的目标。用约瑟夫·奈的话说："软实力就是通过吸引它国而非威胁它们或付钱给他们来达到目的的能力，其基础是我们的文化与政治理想。"这种以文化扩张为标志的软实力极其符合信息文明的特色，即它开创了以文化统摄全球的新模式。如，英语、微软操作系统与域名形式等都闪烁着美国文化的影子。在其新著《美国霸权的困惑——为什么美国不能独断专行》中通篇隐含着矛头指向——中国。在21世纪的"头脑之争"中，各国是否会在美国的软实力面前再次俯首称臣呢？当精英们成班成系地漂洋过海心甘情愿地为资本家效力时，我们的文化是否被边缘化了呢？若与因不掌握核心技术而被迫充当"生产车间"的边缘化的产业结构叠加，那么中国和平崛起的底牌又在哪里呢？

我们在一再漫不经心地嘲笑"拉美现象"时，可曾注意类似情况也在我们身边发生：将子女成批送出国，成为国外高档奢侈品的消费者，追求民主、人权、三权分立，讲外文、看芭蕾、听歌剧、读原版书、喝咖啡、吃西餐……民族的、国家的文化却不知所踪,"古老的民族工业被消灭了,并且每天都还在被消灭",难道马克思当年一语成谶?中国今后的最大问题就是文化问题,在通过历史三峡的重要关头,没有文化将引发颠覆性的后果。

文化冲突的国际版

当前国际冲突愈演愈烈,包括政治冲突、经济冲突,甚至军事冲突,但这些冲突的背后是文化冲突。9.11事件、美国攻打伊拉克等,表面上是国际上不同利益群体的政治、军事冲突,实际上却是不同文明之间冲突的具体体现。中美两国小冲突接二连三,其根源也在文化。美国在18世纪末走上了纯粹的世俗化道路,并且没有经历西方文明史上的中世纪神学时代,故而其文明可以说在工业革命开始后一直得天独厚,极少心理层面的阻碍。中国文明的世俗化进程要缓慢得多,困难得多。中国文化起源于提倡节俭的农业文明,它的主要特征是基于对生命无常的和对神圣之物的顶礼膜拜。因此,中美文明之间的冲突深层次上是神圣生活和世俗生活的冲突。

自14、15世纪文艺复兴以来,世俗化道路就主导着人类的文明进程,其表现形式就是在科学技术、生产方式、社会组织运作等方面进行了深刻革命。西方国家走在世俗化的前端,其中美国因缺少束缚而世俗化进程最快,世界上其他国家工业文明则进展缓慢,但是工业化是以世界范围内的标准化、格式化为特征,界定了过去几百年人类文明的进步方向。在发展阶段上各个国家、各个地区很不平衡,美国文化所导出的消费主义、享乐主义一时成为世界主流文化,而东方许多国家则处于世俗文明的末端。文化发展的不平衡,潜藏着国际间的文化冲突。

文化冲突体现着世界观、人生观、价值观等精神层面的差异,比意识形态对立有着更深刻、更重要的内涵。世界发展的主流是现代化,但实际上各国文化是波谱状分布的,即世界文化是多元化的、是丰富多彩的,既有现代化的主流文化,又有边缘文化或非主流文化。主流文化不断排挤、打击非主流文化,这样,主流文化的外部入侵以及非主流文化内部的世俗化发展,造成非主流文化的失落。人类的进化过程或者说社会的发展过程,就是非主流文化不断迷失、消亡的过程。

文化冲突的一个重要特征就是文化全球化与文化本土化的冲突。文化全球化既有其功能合理性的一面,又有其价值上的消极影响。由于科技发展和文化交流的日益紧密,人类在某些价值领域,譬如人的基本权利、环境保护、全球伦理等,达成共识是完全可能的。所以,全球化确实会带来某些内容的全球认同或趋同化。但是,文化全球化的另一种解读却是:西方中心主义主张的强势文化支配、吞噬其他弱势文化,建立文化霸权以推行文化殖民,目的在于获得经济、政治权益,按照自己的价值观塑造世界。文化霸权意义上的文化全球化是文化主体之间不平等的文化交往,也是国际军事、经济、技术不平等的文化根源。美国入侵伊拉克,试图就此推进伊拉克民主进程,在很大程度上就是这一解读的典型代表。

　　文化冲突影响深远,对价值观、民族认同等冲击甚大。首先,全球化的推进对传统的关于国家的价值观念提出了质疑,使"民族——国家"主权的神圣不可侵犯性受到了冲击,促使起源于18世纪末的以民族国家为单一主体的国家体系向多元主体的网络化的全球权力转变。多边干涉理论认为,在全球化的相互依存的世界里,一个民族国家内部事务已经和整个世界发生关联,国际社会不能对个别国家破坏全球秩序的行为置若罔闻。并且,现在美国已经越来越不满意多边干涉必须经过国际社会协商程序的繁文缛节,转而倾向于单打独斗。正是在这种多边干涉进而单边主义主张愈演愈烈的形势下,民族国家的概念几乎被抽空,国家主权的内容越来越受到排斥。其次,全球化作为当代世界发展的大趋势,与在全球化时期前业已形成的民族文化的惯性之间存在着难以弥合的对立。全球化过程本身所具有的规律性在很大程度上限制了不同民族文化的自我防卫机制的发挥,使民族文化丧失自我保护的机会陡然增多,极易沦为被动的弱势一方。

当今世界,经济一体化趋势越来越强烈,而在地区经济整合中,由于存在文化差异性,必然存在文化障碍。一、经济整合中人格取向的文化障碍。东方人格体现的是长期农业文化积淀而成的人际角色认知行为模式,注重行为的节俭、封闭、悠闲,突出以家庭成员为中心;西方人格是在西方宗教文化、商业文明熏陶下形成的价值观、社会心态以及行为模式等性质的综合体。具有强烈自主性和个人主义体验,存在明显的外向开放色彩。二、经济模式中的文化差异。同为市场经济,英美模式、德国模式、日本模式各不相同,而具有较深计划经济色彩的转轨中的中国市场经济模式则又不同,由此导致经济整合困难。三、微观经营管理中的文化冲突。东方文化如行云流水,适应性强,灵活性大,是最容易存活的文化;而西方文化则以制度为基础,讲求原则,追求效率。由于这些文化障碍,地区经济整合以及跨国公司的跨国经营都充满变数。

当前世界文化呈波谱状分布,面临着激烈的冲突,冲突的结果不外乎以下三种情况:单极化、多极化和混合型的文化。以现在的冲突形势看,形成单极化的文化发展趋势条件尚不具备,眼下还没有一种主导型文化能够完全排挤、吞噬所有其他文化(尽管有这种愿望)。多极化也不明朗,但的确是目前几种强势文化的发展方向。鉴于文化的多样性以及融合共生的特征,未来文化可能是一种混合生成的文化。这种文化虽然发源于目前的多个文化派系,不免带有各个派系的痕迹,但目前的多种文化在未来的合成文化中所占权重却不一样。

具体到中美两国的文化,两者互有长短。美国文化在经历了世俗化的日益淘洗后,当今的美国文化几乎弃绝了道德的、神圣的东西。特别是在国家关系方面,美国人的信念是"没有永恒的朋友,只有永恒的利益",肆意践踏国际准则,将自己定位于世界各国的精神导师,对国际事物指手划脚。中国在走向世俗化的过程中,不断地从西方"取经",今日中国的法律、金融、政府构建、科技、艺术等无一不取自西方。一味的取经,跟在别国文化之后,只能让人说三道四,并且久而久之,亦步亦趋的模仿将逐渐丧失民族自信心和凝聚力。文明的进步,关键在于创新,所以创新是在国际文化冲突中寻求掌握主动的核心要素。

文化冲突的国内版

从开始改革开放到现在,中国社会发生的变化很大,比如经济飞速发展,人们物质生活水平得到极大提高,如果说这是好的变化的话,那么不可否认,这二十多年来,有些变化是社会不乐意发生的,比如社会分化及由此带来的国内文化冲突愈演愈烈等,事实上这一趋势已经呈现,并仍有不断发展的趋势。那么是什么导致了这些问题及其蔓延,这些又对社会的正常发展带来什么样的深刻变化?

可以看到, 二十多年前开始的中国改革开放是从"做大蛋糕"开始的,因此改革初期,基本上整个社会都受益于改革,人们普遍有种幸福和满足感。然而,当改革不断深入,这种幸福和满足感的普遍性越来越收缩。原因是,最近十余年来,社会各阶层从改革中获利的程度不一样,由此形成了不同的利益阶层。更重要的是,在这样的利益结构和分层结构之下,已经开始形成"社会分化"趋势,并在这一趋势下形成一个推动"分化"持续扩大的动力机制,那就是具有综合影响力的"文化氛围"。在此"文化氛围"下,人们不可避免地开始陷入自我身份认定的痛苦和迷茫之中,比如,人们开始自觉或不自觉反问自己到底是属于强势群体还是困难群体,自己是游民、民工或农村人、城市人中的哪一类? 在社会众多阶层中,自己是归属于哪个阶层? 事实上,为弥补社会分化并达到社会稳定,中国正在试图建设"中产"社会,于是人们不管是不是真正达到"中产"程度,都愿意把自己归在"中产"里面,但一旦发现这种自我认定只是一种一厢情愿时,新的失落感再度升起。

橄榄型的社会特征对于社会稳定的作用是无可置

疑的,然而中国的"中产"概念是从发达国家引进的,移植到中国后,"中产"的定义、标准、内涵、外延等方方面面必然发生相应变化,由此决定了"中产"概念在中国有其模糊性的特征,人们迷失在"中产"身份标签的选择中终究难以避免。与此同时,社会矛盾正在通过各种各样的方式表现出来,有时甚至表现为比较激烈的冲突(如暴力事件等),社会阶层间的不兼容性特征正在强化过程中。究其根源,是由于使用各种社会资源的过程中出现了严重的不平衡,这种不平衡的程度越严重,则社会矛盾越激烈,后果越严重。若对社会资源进行细分,则可以分为经济资源、组织资源、文化资源等。不平衡的资源占有程度将决定未来在资源占有过程中的话语权大小和资源占有方式的公平程度。

现实情况是:一部分人在改革初期通过从体制和市场两个领域中动员和吸纳资源,因而能够在短时期内迅速地聚敛巨额财富,占据经济生活的命脉,并且开始对社会各方面甚至对国家或地方的各种政策形成产生重大的影响。这些人逐渐成为大众眼中的"精英"阶层,他们获取利益的过程实际上是与大众博弈的过程,因此,随着这种博弈的深入,阶层间的界面逐渐由模糊走向清晰,各阶层由分化前的上下同心逐渐走向"貌合神离",这种趋势的进一步发展就有可能导致社会失衡的极大隐患。

另外,上述的"分化"只是观察的一个角度,事实上,这种分化和由此引发的矛盾是全方位的,具有相当的复杂性。比如,随着中国经济的发展,南方和北方、沿海与中西部、城市与农村等各组关系都处于分化中,以致有社会学家把当今中国的这种发展状况的特征定义为"社会断裂"。这种认识无疑是深刻的,它揭示了中国的发展如果继续只是停留于追求增长率和物质丰富的层面上,那么社会发展极有可能会引发诸多隐患。

一直以来,人们往往陷入这样一个误区,即认为只要经济发展起来了,中国的各种问题都会随着经济的发展得到相应解决。而事实上,这样的认识是偏颇的,因为它忽略了一个事实,那就是,对于与社会政治、经济制度较直接相联系的这部分问题,比较容易以较迅速的变化来使其与整个社会经济发展相适应;但作为文化核心的精神、心理层面,则很难直接地与社会经济发展相协调,往往因其滞后的关系,阻碍着社会经济发展的顺利进行,这是实际上已成为改革开放新时期各种冲突的根源都会向"文化断裂和冲突"集中的主要原因。

上世纪80年代后,中国社会陡然从"阶级斗争"走向"市场经济"社会,物质的长期匮乏激发了人们追求物质财富的无比热情,但其中并没有及时产生为人们提供文化精神层面的价值观、财富观的正确引导的力量,这种力量的缺失直接导致中国社会以最快的速度走向世俗化,甚至有些方面更是走向庸俗化和堕落化。文化缺位的市场经济的发展,其结果就是尽管物质丰富起来了也并未产生一种满足感或充实感,更何况,由于经济方面的分化还使一部分人无缘享受社会物质成长带来的好处,于是,无论是一般人还是富豪,都没有安全感,心灵的创伤也无法得到慰藉。人们内心的精神文化冲突和经济利益分化的冲突在改革进入攻坚时期出现交织,社会波动的离差被突然拉大,对于改革效率和效果都产生了巨大伤害。

　　在歌德以毕生精力创作的《浮士德》中,浮士德与魔鬼立下赌约,上天入地寻求人生的意义,如果找不到,那么浮士德将把自己的灵魂输给魔鬼。然而浮士德并没有输掉自己灵魂,他在自己离开人世前找到了人生的意义:"人要每天每日去争取生活和自由,才配有自由与生活的享受。"这其中蕴涵着"对过程的追求重于对结果的追求"的含义。反观当今中国的很多人,他们把资源、财富的分配方式和分配结果作为自己的目的,大多忽略了这些其实只是追求人的发展的手段。内心世界的目的与现实世界的手段完全交换了位置,结果显然就是从起点上把"灵魂"输给了"魔鬼"。

【背景资料】

中国在新的世纪中最需要什么?

在新世纪的入口处,中国最需要什么?这个问题的答案可能众说纷纭,有人说,最需要国力强大与国家统一;有人说,最需要民主法治和自由宽松;有人说,最需要科技领先及发明创造;有人说,最需要杰出人才和英雄豪杰;也有人说,最需要体能发达与意志果敢……也许,以上这些都是中国和中国人所亟需做到的事情或亟需填补的空白。但中国最需要的,是时间。中国需要大块时间去彻底重整历史的文化断裂。

不要忘了,当代中国和中国人还缺乏完整先进的自我文化依托。中国传统文化在19世纪末发生了"前途危机",即在外来西方文明的严峻挑战面前,已很难从自身思想与哲学体系中为本民族找出一个有效的解决取胜之道。中国的先进分子发现只有甘冒自我文化断裂的风险,大力学习引进西方的先进之处,对中国的情况施以重大的变革,中国文化才可能渡过灭亡的危机,并逐步积累起自身的良性实力,并最终在新的时代起点上创造出自己新的独特文化体系。

什么叫文化断裂?即一个社会原有的思想、体系和惯例在新形势下失效和崩溃,而不得不较为全面地引入外来文化以解决自己的问题。举一个显著的例子,当代的一个西方人,可能不需要了解任何的中国和东方的文化,也能正常地发展生活,其自身的文化已可自足。但却很难设想当代的一个中国人,能在彻底没有西方文化和生活方式影响的氛围中求得自己的发达和进步,因为其自身的文化发生了断裂。这也造成了所谓的东西方文明发展之不平衡。

这个不平衡是不以人们的喜恶亲仇为转移,不是靠"中国文化美国行"的几次展览和演说就可以矫正的,更不是靠抵制"洋货"类似的表面行为可以扭转,而是由最基本的需要所决定。当缺了某种东西就会让人的日子不好过时,这种东西就成了必须。掌握了这种必须的民族和文明,就掌握了历史的主动。这种文化不用邀请,自然可以到处行,自然具备辐射能力。

譬如,为什么讲述当代中国人生活的文学作品(如小说、电影、诗歌等)在西方没有太大的影响,因为西方人认为这些东西不"中国",而只是对西方的模仿,意思不大。于是中国的导演如张艺谋等只能通过历史题材来为西方人讲中国的故事。但一大尴尬是:传统中国文化之所以发生断裂,是因为其中有很多过时落伍、愚昧肤浅的东西。连中国人自己今天都不愿再接受容忍了,于是张导演表现"旧日中国和中国人"的作品在自己国家并不受到叫好。这是在传统失意和创新乏力之间的挣扎。由于西方文化在发展过程中尚无发生过重大的战略方向性断裂，其中之人是无法充分理解和感受中国人"往事不堪回首"式的文化和历史苦涩的。

培养和更新文明体系是需要时间的，是一个渐进的历史过程。于是，如何为自己争取更多的有效时间，如何不断提高利用时间的效率，如何在相对平稳的局面中追求"可持续性发展"，如何减少无聊八股自我陶醉，如何控制化解于己不利的危机苗头，如何早日开发出具备自行辐射能力的新文化动机等等，就成了当代中国发展的关键。时间，只要能掌握和管理好时间，已基本迈上正轨的中国就拥有扭转乾坤，重建自己光荣与梦想的有利契机。

来源：《联合早报》作者：伟达 2001 年 1 月 3 日

转型时代的价值观

回顾 20 多年的改革开放和现代化建设过程，追踪这一过程中价值观念变革的轨迹，人们最容易直观地捕捉到社会上顺次流行的热点热潮，像当初的"知识热"、"文凭热"、"考大学热"，后来的"出国热"、"经商热"、"股票热"、"房地产热"、"二职热"等等。社会流行的各种"热点"，反映了人们情趣口味和关注焦点的变化，代表着相当一部分人的价值取向，是我们观察价值观念变革的窗口。从深层的价值观念变革来看,随着我国改革开放的深化也日益凸现出来了。这是一种带有实质性、根本性的观念更新。比如,按照过去传统的价值观,"老"就是"好",资历深的、官当得大的,在价值的等级上就排得高;而现在这一点已经发生了较大的变化,表现为年轻人要占主流,"官"的观念有淡化的趋势等。又如,传统的价值观倡导"重义轻利","正其谊(义)不谋其利",某些时候甚至宣扬以穷为荣, 以富为耻,"为富不仁"、"富则修"等等;现在这一点也发生了深刻的变化,人们可以理直气壮地凭借正当劳动发财致富而不再引以为耻了,倒是"贫穷"越来越没有市场,"穷人"越来越没有颜面。再如,在价值选择和评价上,人们的主体意识明显增强了,追求和取向日趋多样化了, 人们用自己的好恶判断事物,不再盲目听从同意的评价,个人的价值取舍也不再盲目服从同意意志的安排。如此等等。

我国社会转型时期价值观念的总的特征,可以概括为"多元并存,新旧交替"八个字。就是说,当今中国的价值观念正处在古今、中西的时空交汇点上,表现出多种因素同时并存和除旧布新、推陈出新的特点。这八个字是从静态和动态两个不同视角考察所得出的概括。所谓"多元并存",是指在共时态上,今天的中国社会中同时存在着多种复合的价值观念的因素, 面临着传统与现代、落后与先进、中国与西方、旧的与新的等一系列尖锐的矛盾和冲突，呈现出一幅"激荡的价值观念世界"图景。在这幅激荡的价值观念世界图景中，既有旧的、传统的、保守的价值观念的顽强沿袭及其对确立新的价值观念的阻抗，又有新的、先进的价值观念伴随着社会结构的整体转型过程的富有生机的成长；其中还包括因旧的、传统的、保守的价值观被破除，新的、现代的、与改革开放和现代化建设实践相适应的价值观念体系尚未完整确立而留下的价值真空。这种情况使我们面临着"变革"和"建设"的双重任务。

　　无论在社会的宏观背景上，还是在个体的精神世界中，今天的中国都同时存在着中国传统的价值观念，从西方传入的价值观念，过去"左"的一套价值观念，以及在改革开放实践中形成的新价值观念等多种因素。为了在错综复杂的局面中认清我国价值观念的真实状况，有必要对这些因素进行具体的分析。从动态变化的角度看，我国社会转型时期的价值观念呈现出"新旧交替"的特点。所谓"新旧交替"，是指在历时态上，我国社会转型时期的价值观念变革的总体走势和发展方向是除旧布新、推陈出新，实现从传统的或过去僵化的价值观念向与市场经济和现代化建设实践相适应的新型价值观念的转换。随着社会转型过程的深入，这种观念转换的趋向已日渐明显和突出。

　　我国社会转型时期价值观念的变革，是要实现从传统的和过去僵化的价值观念向与市场经济和现代化建设相适应的新型价值观念的转换。对于这一变革的前途,"自由主义"高扬西方的价值观念,认为西方的昨天就是我们的今天,西方的今天就是我们的明天,在精神世界里一味跟着人家跑,缺乏自主的选择和创造;"现代新儒家"致力于发掘传统的价值资源,试图以之来"接引"现代性,其用心可谓良苦,而其药方却不能"治病",不能解决中国今天面临的问题;我们认为,与市场经济和现代化建设相适应的新型价值观念,更多的要依靠今天的中国人在实践中创造出来。

来源:《天津社会科学》2001 年第 1 期 作者:杨学功

文化冲突与融合

从人类文明的进程看,各文明体都走过了一条从封闭、碰撞到冲突的道路,又都在经历着交流、融合与统一的进程。在文明的行进中,似乎一直存在着两条并行的道路。

一条道路是文明的冲突。在文明的初发阶段,各文明体的形成与演进相对独立,古埃及文明、克里特文明、两河文明、中国古文明等等,都是在相对隔离的状态中独立形成的文明单元;此后不久,文明的碰撞也告产生,从希腊罗马、印度半岛到东亚地区出现了更大范围的文明体;纪元以来,人类文明进入到定型与扩张阶段,西欧文明、斯拉夫文明、阿拉伯文明、玛雅文明都形成于这一时期,文明体的定型又与其扩张密不可分,无论是定型中的文明还是业已成型的文明,都伴随着激烈的竞争与扩张。随着资本主义时代的到来,各文明体的发展日益失衡,而资本主义的扩张性与掠夺性,直接造就了愈演愈烈的文明冲突,时至今日,文明的冲突依然如故,未来文明的前景似乎也应当是不断的冲突与抗争。

另一条道路是文明的交流与汇融,自文明生成至今,各文明体之间的交流一直存在,而且,随着冲突时代的到来,这种交流日益强化,迄今而言,文明的交流已覆盖了所有文明体及其所有主体内容。无论是语言、文学、宗教信仰,还是民风民俗、艺术审美,无时无刻不在进行着交流与融合。在这种交流与融合中,各文明体之间的差异不断缩小,各自的特征也不断减弱,人类文明的同一性日渐彰显。这一方面是由于文化兼并与文化殖民的作用,另一方面则是由于现存文明体的开放性、兼容性越来越强,对于自身以外的文化的吸收、容纳已成为绝大部分文明体的共性。在这一过程中,人类文明的前景应当是一元同一。

随着人类文明的不断进步,经济与社会发展的必然结果就是最大限度地拉近不同文明之间、不同人群之间的距离,使之互相依赖、互相依存,使人们的生活方式与生产方式不断趋同。在新的世纪或者更长一段时间内，全球经济一体化与信息一体化必将实现，地域与民族的分野会不断减弱。但文明的同一只是人类文明进程的理论上的终极方向，在通往这个方向的路途中，不同文明体的多元共存与争甚至冲突是维持人类文明行进的根本动力，从这个意义上讲，文明的多元性对于人类文明的意义与生物的多样性对生命世界的意义同等重要。我们还可以讲，文化的一元同一只是文明史进程和理论上的终极目标与必然方向，当人类文明完全同一之日，也就是其走上衰亡之时。因此，在抵达这一终极目标之前，人类文明进程中文化的冲突与交流将会长期存在，不同的文明体也会长期共存，这是人类文明发展与进步的动力所在、源泉所在。

就文化冲突与交流而言，冲突是一种极端性或非常规的交流，不同文明体之间的冲突可以带来某些文明的消亡，同时也可以激化一些文明的进步甚或促成新的文明体的形成。以希腊、罗马文明为例，如果没有希腊、罗马在文明形成中与地中海地区其他文明的冲突，便不会有这两大文明体的辉煌，西欧文明与伊斯兰文明也是如此，如果没有蛮族南下以及他们对罗马文明的摧毁，便不会有西欧文明的形成，如果没有十字军东侵，伊斯兰文明膨胀的活力也不会那么强劲。文化交流的意义同样重要，一个文明能否富有活力，不断生长，其开放性以及与外部文明的交流程度是重要的制约因素。我们常引以为荣的汉唐盛世、汉唐文明,就是文化交流的结果。在春秋战国至秦统一的数百年间,核心文化与周边文化的交融、中土文化与西方文化的交流都是前所未有的,乌孙、大月氏与斯基泰人都充当了中西交往的桥梁,通过他们,西部世界的文化、艺术以及青铜技术、农业产品大量涌入,为汉代文明的崛起提供了充分的前提。同样,魏晋南北朝至唐数百年间,西北、东北游牧民族不断南下,其文化也一再地影响中原;佛教东来,很快与中土本有的哲学与精神世界交流,这些都为唐文明的兴起提供了保障。唐王朝建立后,又采取了开放恢宏的对外姿态,无论是中亚、西亚、欧洲文化,还是日本、朝鲜、南亚文化,都纷至沓来,不绝于缕,唐王朝成为开放的世界中心,长安城则是地道的国际化都市,这都为唐文明的繁盛注入了源源不断的活力。

当然,不同文明体共存的历史必然性与文明多样性的长期性,只是对整个人类文明的进程而言,对具体的文明形态而言,生生死死也是一种必然面对的命运。在人类文明冲突与同一的矛盾运动中,任何一种文明都面临着生死存亡的选择,就四大古代文明而言,纪元前二千年左右,埃及文明便告衰歇;纪元之初,希腊文明消逝而去;此后不久,富特色的古印度文明也退出了历史舞台。这些逝去的文明或沉淀为文化遗产,或同化入新的文明形态,逝者斯夫。历经沧桑的中国文明在步入现代文明之林后,面临着比以往任何一个时期都要严峻的竞争与冲突,沉舟侧畔与枯木身边的故事依然故我。中国文明究竟何去何从,是像古埃及与希腊文明那样沦为文化遗产,还是继续保持几千年来生生不息的活力?这是当前国人最为急切的问题。

来源:《大众日报》 2004 年 11 月 9 日 作者:齐涛

第二章
源远流长的龙文化

五千年文明史是国人自豪感的重要来源之一,而"当前中国最大的问题就是文化问题"的论断似乎伤了国人的自尊。然而回顾中华文化的演变历程,至今仍没有真正意义上的文化"大拐"。尽管近代中国文化面临外来冲击做出了应变性的调整,但却陷入"传统"与"变革"的二元选择的迷失,而现世的文化视角明显带有两种倾向:一种是"向外看",对外来文化的盲目崇拜;另外一种便是"回头看",对于传统文化的"刨根问底",寄希望从传统智慧中搜寻开拓未来的"药方"。这两种倾向是"树根型"文化的典型特征。

历史悲哀与天然宿命

考察文化的嬗变,必须放置在生产方式变迁的大背景上,考察文化变革与生产方式变革的配比节奏,然后才能辨析文化变迁的真实面貌。按照这种方法,可以将文化的变迁分为"大拐点"和"小拐点"。"大拐点"首先是对旧文化的一种颠覆,同时为新的生产方式和制度框架的产生和发展服务;而"小拐点"虽然也存在着对旧文化某种程度上的颠覆,但却没有脱离旧的生产方式和制度框架,不过是应对外来冲击的融合变迁,或者是内生性的反思修补。中国超稳定的文化生态系统是其辉煌之源,同时又是其"悲哀"之处:首先,中国文化体系虽历经流变,却越发根深蒂固,这对文化的创新和突破形成根本性的遏制;其次,文化大拐点的到来是对外部冲击的被动应变,因此缺乏内生性的力量累积,陷入"传统"与"变革"的二元选择的迷失。

中国文化经历了"焚书坑儒"、"新经学运动"、"人文启蒙"、"师夷之技"等流变,但均没有摆脱小农经济,也没有脱离巩固"王图霸业"而"教化民众"的主线,更没有带来具有革命意义的价值大转型。变来变去的结果是世俗政权的"专制"同"教化之权"的膨胀紧密结合,"政教混合体"保持了文化"深层结构"的稳定,造成了"保守有余而创新不足"的悲哀局面。这些文化变迁不过是中国文化历史上的"小拐点"而已。

(1)秦朝"以吏为师"的思维偏向造成了"焚书坑儒"的严重后果,中国文化经历了一场浩劫。此后,从"以吏为师"到汉初的"黄老无为",再到汉武帝的"独尊儒术",初步完成了中华文化"儒家一统"的基本范式,中华文化此后没有再出现过真正的"百家争鸣"的局面,文化的创新力受到了极大的遏制,寻根、守旧的基因就此种下。

(2) 隋唐时期,"儒释道"三种文化的冲突加剧。这应该是中华文化取得突破的时机,但由于统治者的支持,儒家思想的统治地位没有被撼动。虽然后来出现了新经学运动,并通过对佛教文明的吸收和融汇,开创了儒学发展的新方向,但北宋理学诸儒建构了一种"内圣与外王"结合、格致正诚修齐治平的本末一贯的理论体系,完成了"三纲五常"、"上尊下卑"的"吃人"封建礼教,这极大地束缚了民众的"开拓精神"。

(3) 明清时期出现了批判和反思程朱理学和王学的"经世致用"思潮,以及倡导思想解放、个性自由的人文启蒙思潮,但由于当权者的压制和文化体系的惰性,并没有形成同当时资本主义萌芽相对应的文化变革。错过了这次价值重估和社会转型的机会,中国文化进入了"艰难时期"。

(4) 清末,西方用大炮敲开中国大门,中国小农经济开始解体,开始被动地"弃旧图新"。但深刻的文化根基是无法割裂的脐带,中国文化反而陷入了"传统"与"变革"的两难选择之中。无论"洋务运动"、"戊戌变法",还是"辛亥革命",实际上都没有跳出这一点。对传统的依恋凝成了"国粹情结",而西方资本主义经济同中国官僚体制相结合,衍生出了几乎世界独有的腐朽官僚资本主义怪胎。

到"五四运动"之前,中华文化的流变虽然没有脱离"儒家"、"中体"的思想主线,但自 1840 年起受西方文化的冲击,中国被动地迎来了文化的"大拐点"。然而拐点之后中国的文化选择的主流路线却一直是"全盘西化",结果导致文化的离散程度很高,以至于出现了今天的"无本失体"、"非中非西"的悲哀的文化状态。

(1) 五四运动与新文化运动摆脱了"中体西用"的范式,借用西方自由、科学、民主的精神内核,批判传统文化的同时寻求民族救亡的道路。尽管五四之后形成的多种文化范式目的都是寻求社会发展的出路,但却总是不尽完善。

(2) 文化大革命后的 1980 年代文化热,尽管有为文化创新提供了思想的火种和耕耘的土壤的意味,但事实是没有真正寻到文化发展的突破口。

(3) 1990 年代开始的反思五四、批判激进主义。在批判西方现代性的同时,试图重新解构儒家文明,但却导致了经济发展与思想文化的又一次错位。这反映了1990 年代的文化仍旧没有走出"传统"与"变革"的二元选择。进入新世纪,中国文化发展又出现了可悲的盲从现象。日流、韩流横扫中国大江南北;文化的保守主义挑逗起的民族主义思潮,均击中缺乏文化认同的软肋,而由此引发的对民族主义各种演变趋向的担心是不无道理的。

纵观中国文化变迁,可以说:守成多于创新,集权多于民主,悲哀多于喜悦。树根文化同小农经济紧密结合,根深蒂固,虽经西方文化的冲击,却很少吸收西方文化的精华性实质,而是依然沿着自己的轨道演进。

中华文化为何呈现同西方明显不同的演进路线,学界虽争执较多,但往往将其归结到制度上:首先,认为中国传统官僚制度结构,以及此后同西方资本主义结合产生的官僚资本主义制度怪胎,是中华文化迷失的关键。

其次,对传统文化的绝望定义,认为中华文化同新的生产方式是不相适应的,不可能取得根本性的突破,应该全盘西化。但将中国文化问题归因于制度和体制,实际上是同义反复,并没有真正理解文化与制度之间的辩证关系;其一,制度和文化之间不是一种决定与被决定的关系,而是相互作用的关系;其二,文化的变迁往往是制度结构变迁的先导;其三,制度变迁并不一定必然带来文化的优化选择,同样文化的变迁并不一定导致制度上的优化。

实际上,中西历史文化呈现不同的演变路径的地缘因素起着关键性的作用:首先,不同的地理环境形成两地迥异的人文气质。道德主义风尚在中国为人们所接受传播;而西方的游牧社会注定了"丛林法则"的主导作用。其次,不同的地理环境导致不同的文化的流变态势。不断面临外来文化的侵袭使欧洲文化得以不断革新;而中国则是一个封闭的系统,虽然时有来自外族的军事侵扰和文化传播,但并没有对中国文化形成根本性的冲击。第三,特殊的地理条件造就大陆文明与海洋文明。海洋在欧洲独特文明的形成中起到了巨大的作用;而中国始终延续着大陆农耕文化,虽也有过远洋航海,但不过是为了显示"天朝圣威",并非出于经济交易的动机。第四,不同的地理条件形成中西不同的遗产分配制度。欧洲私有财产采取"长子继承制",这不但保持了财产规模,而且形成了民众的开拓创新精神。而中国采取的是"稀产制",即将财产平均分封给后代,这不但导致了财产规模的萎缩,而且抑制了民众的开拓精神。

近代中国文化的迷失,主要源于文化与经济发展之间的不协调。西方文化得以顺利发展的原因在于实现同生产方式变革的协调互动,而中国文化问题恰恰出在了两者的配比节奏上。文化变革超前于经济发展,先有在五四后西化的迷途,后有文革的悲剧收场;而经济发展超前于文化变革,则是当代中国文化迷失和盲从现象的原因。而这一切文化错位又都与对"树根型"文化的态度有着直接的联系。那么,什么是"树根型文化",具有怎样的特征?

树 根 型 文 化

自英国人类学家爱德华·泰勒 1871 年在其著作《原始文化》中给文化下了世界最早的也是公认的经典定义"文化或文明是包括知识、信仰、道德、法律、习俗以及包括作为社会成员的个人而获得的其他任何能力、习惯在内的一种综合体",引发了上个世纪多学科共同研究文化问题的局面。国内文化研究大有继"经济学帝国主义"之后的"文化学帝国主义"之势。然而,纵观古今中外的文化研究,似乎一直在"争吵"中没有定论。林林总总的文化定义都是从不同角度概括文化的表现和作用,都没有抓住文化的"魂"。正如法国社会学家艾德加·莫兰在《社会学思考》一书中做的总结:"一方面,'文化'这个词在完全的意义和杂烩的意义之间摇摆,另一方面又在人类学、社会学、政治学的含义和伦理学、美学的意义之间摇摆。"

因此,深入分析中国文化问题之前,必须先分清两组概念:

一是文化与文明。文化是人类从洞悉宇宙规律的圣明的先人那里继承而来的同化宇宙规律的智慧,它指导人类的一切行为,特别是思维活动。宗教正是传承文化的一种形式。"一方水土养一方人",不同民族的先人的境界存在差异,因而文化具有民族特色,不同民族在整体上具有不同的修养、气质和性格,如西方人较外向,东方人则较含蓄。诸如政治、军事、艺术、文学、饮食文化、居住文化、茶文化、婚嫁文化等等都是各民族文化即智慧在方方面面的具体表现。而文明则是受文化支配的人类行为的结果,是人类智慧的产物,同样具有民族特色。因此,文化是活的、与时俱进的,而文明则是历史的。

二是中国文化与中国传统文化。中国文化是中华民族的先人留下的智慧,以老子的道家思想为本,是以"天道"为核心的无限扩展的道德文化。中国传统文化则是中国文化的一个"子集",指三千多年前的诸子百家思想,经炎黄子孙的选择而形成的以儒家伦理文化为主流、佛教文化为辅翼、多种思想(如道家、墨家、法家等)并存的流传至上个世纪的文化体系。因此,中国传统文化是中国文化在一定历史时期的类型,同时具有民族特色和时代特征。

中国传统文化是树根型文化,它以封建礼教为特征,强调血缘关系和人情味,植根于小农生产方式(以家庭为单位)和农业文明社会。正因如此,它在中国两千多年的封建社会中经久不衰,也正因这漫长的历史沉淀,它封闭、保守,且稳定性强,惧变求稳,安于现状,研究历史重于探索未来。树根型的中国传统文化主要有如下三大特征:

一是具有悠久的历史传统。植根于小农生产方式的树根型文化伴随漫长的封建社会,几千年来影响着中国人民的生活和生产活动,给中华民族带来历史上的辉煌,并影响了整个亚洲地区。然而,文化历史越悠久,沉淀得越深厚,民族性格就越趋于保守、排外,思想惯性越强,观念越易固化,当面临落后于其他民族的现实和发展过程中碰到难题时,总想通过回归历史以重温昔日的辉煌,因而与新时代和外来文化的冲突就越厉害。在世界六大文化(中国文化、西方文化、印度文化、埃及文化、巴比伦文化、墨西哥文化)中,历史上最早的文化冲突就发生在文化历史源远流长的埃及,其次是中国、印度。

自鸦片战争以来的近代中国,在西方文化的侵袭下,经历过洋务运动、辛亥革命、"五四"运动等激烈的文化冲突。面对这些激烈的冲突和诸多的选择,背负历史沉淀的中华民族极易走向两种极端,一种是沿着传统的思维惯性主张复古,如袁世凯的复辟帝制;另一种则是物极必反,对传统文化的保守落后深恶痛绝,主张全盘西化,穿着古老的服装,说着借来的词句。至今,中华民族的上空依然响着这两种声音。

二是回头看。中国传统文化经过几千年历代封建王朝的验证,这使中国人,特别是中国的精英们,深信历史是未来的向导,向往永世不易。凡事均从历史资料中找原因,以解释今天的各种现象;凡事均从历史经验中找答案,以解决今天的问题;凡失败之事均以历史包袱为借口,而不积极应对。

三是活水源头来。有源才有流,国人有种"桃花源""乌托邦"的寻根情节,凡事追根溯源。重血缘关系和家族荣誉的中国传统文化培育了中国人的祭祖之心和怀乡之情,游子始终怀着一颗中国心,落叶归根,维护家族荣誉乃至民族荣誉是终极归宿。

树根型的中国传统文化出现了与现代社会不对称的情况,大至治国方略,小至百姓日常生活,传统文化与现实的冲撞几乎无处不在:

1. 悠久的历史传统固化了国人的观念,培养了国人的大中国情节,使国人难以适应新生事物层出不穷的现代社会。在外国行之有效的制度一经引入中国总被扭曲,如中国的股市;计划生育政策与多子多福传统思想的遭遇战;代沟日益加深和代沟年龄跨度不断缩短,不同年龄层的沟通越来越困难;五千年文明古国的概念与讲眼前实力和未来潜力的现代世界潮流格格不入。

2. 回头看的怀旧情结使得人们沉醉于回味历史,却对现在和未来似乎茫茫然。许多人在研究时事和商讨对策时,总是谈古论今,引经据典,振振有辞,不啻于让成人穿儿时的小衣服一般地脱离实际。如主张恢复人民公社制或小农经济解决今天的"三农"问题;四大发明、一穷二白等常挂在嘴边,喜欢拿祖先的成就向世人炫耀,或埋怨祖先的惠泽不够；普通百姓则感叹人心不古,怀旧情浓,古装剧充斥荧屏,各种陈规陋俗重又兴起。这种性格特征隐藏着应变能力差的危险,2003 年春季的 SARS 疫情给国人上了生动的一课。

3. 追根溯源的寻根情节虽铸就了国人不忘本的民族气节,易形成民族凝聚力,但在现实中往往导致固执、死板,或舍本逐末,形式重于内容,务虚多于务实,一些重要严肃的事情最终变成走过场。政令不通,有令不行有禁不止之事时有发生;修宗祠、修家(族)谱、祭祖先,这些过去进行祖训的有效形式已经沦为空洞的形式,光宗耀祖已不是现今年轻人的终身追求。

上述特征表明,树根型的中国传统文化使得中华民族的性格沉着稳重有余,灵活应变不足,怀旧情节和大中国情节不仅助长"假大空",而且阻挡中国前进的脚步,已经成为中国社会经济发展的障碍。

【背景资料】

文化的定义

据英国文化史学者威廉斯 (Raymond Williams) 考证,从 18 世纪末开始,西方语言中的"culture"一词的词义与用法发生了重大变化。"在这个时期以前,文化一词主要指'自然成长的倾向'以及根据类比人的培养过程。但是到了 19 世纪,后面这种文化作为培养某种东西的用法发生了变化,文化本身变成了某种东西。它首先是用来指'心灵的某种状态或习惯',与人类完善的思想具有密切的关系。其后又用来指'一个社会整体中知识发展的一般状态'。再后是表示'各类艺术的总体'。最后,到 19 世纪末,文化开始意指'一种物质上、知识上和精神上的整体生活方式'。"

著名人类学学者泰勒这样给文化定义:"文化或者文明就是由作为社会成员的人所获得的,包括知识、信念、艺术、道德法则、法律、风俗以及其他能力和习惯的复杂整体。就对其可以作一般原理的研究的意义上说,在不同社会中的文化条件是一个适于对人类思想和活动法则进行研究的主题。"将文化定义为特定的生活方式的整体,它包括观念形态和行为方式,提供道德的和理智的规范。它是学习而得的行为方式,并非源于生物学,而且为社会成员所共有。文化作为信息、知识和工具的载体,它是社会生活环境的映照。文化作为制序、器物与精神产品,它给予我们以历史感、自豪感,据此我们理解人的生命存在、意义和人在宇宙中的地位。文化作为人类认知世界和认知自身的符号系统,它是人类社会实践的一切成果。

在汉语中,文化的意识至少应当推至东周。孔子曾极力推崇周朝的典章制度,他说,"周监于二代,郁郁乎文哉。"(《论语·八佾》)这里的"文"已经有文化的意味。就词源而言,汉语"文化"一词最早出现于刘向《说苑·指武篇》:"圣人之治天下,先文德而后武力。凡武之兴,为不服也;文化不改,然后加诛。"后来,南齐王融在《三月三日曲水诗序》中写道:"设神理以景俗,敷文化以柔道。"从这两个最古老的用法上看,中国最早"文化"的概念是"文治和教化"的意思。在古汉语中,文化就是以伦理道德教导世人,使人"发乎情止于礼"的意思。而用"文化"译"culture",始于日本学者,这时候的文化交流已掩盖了两者语意上的区别。像钱穆所讲的,中国的"文化"偏重于精神方面,这时多少也认同了"culture"中的有关耕种、养殖、驯化等含义,将文化置于一定的生活方式之上。

在文化的定义和对其本质的认识上,马克思主义经典作家有过重要论述。早在19世纪40年代,马克思、恩格斯就在《德意志意识形态》中运用唯物主义的基本观点,提出文化起源于人类物质生产活动的思想。1876年,恩格斯在《劳动在从猿到人转变过程中的作用》中,指出文化作为意识形态,借助于意识和语言而存在,文化是人类特有的现象和符号系统,文化就是人化,人的对象化或对象的人化,起源于人类劳动。后来拉法格关于思想起源的探讨和普列汉诺夫关于原始文化的研究,具体地说明了文化的起源问题,证实了马克思和恩格斯的文化起源观。列宁则主要从精神的角度探讨文化,论述了文化的阶级性。列宁说:"每一个现代民族中,都有两个民族。每一种民族文化中,都有两种民族文化。有普列什凯维奇、古契柯夫和司徒卢威之流的大俄罗斯文化,但是也有以车尔尼雪夫斯基和普列汉诺夫为代表的大俄罗斯文化。"毛泽东同志认真分析和总结中西文化、新学旧学之争的过程及其因缘,在肯定以新学、西学为基本内容的资产阶级民主主义文化积极作用的同时,对帝国主义文化和封建主义文化作了断然的否定,提出了无产阶级领导的反帝反封建的新民主主义文化的科学主张。其基本点包括:第一,这种文化,只能由无产阶级的文化思想即共产主义思想去领导,而不能由任何别的阶级的文化思想去领导;第二,这种文化与新民主主义革命的性质和任务相适应。因此它既不是资产阶级专制主义的文化,也不是社会主义文化(虽然含有社会主义因素);第三,这种文化具有民族的、科学的、大众的文化特征和基本内容。这些思想,构成了毛泽东同志关于新民主主义文化的科学定义。它从理论和现实两方面,清晰地阐明了什么是新文化,也就是中国社会发展所要求的先进文化的问题。

来源:《世纪中国》 作者:刘戎 余达淮

中华文化的流变

中华文明保持着长期的连续性和稳定性。它首先不是在沿海,而是在黄土高原上孕育和发展起来的。然后在华北平原,再后是往长江以南发展,它虽然也有来自北方的蛮族的军事侵扰,但并没有真正可以同它抗衡的文化力量。所以军事征服者反过来又要被它的文化所征服。以佛教为中心的印度文化通过罗什、达摩西来,法显、玄奘西访,取经、讲经、翻译、研究,逐渐渗透到华夏文化的许多方面,尤其是哲学和艺术中。华夏不仅有了中国化的佛教哲学的产生,而且在回应佛教的挑战中又产生了宋明新儒学。尽管佛教传入后影响很大,但中国文化并没有像西方文化那样产生明显而持久的断裂,中国文化的主干和基本内核并没有改变。佛教并没有激起根本的价值大转换,并没有形成一个像西方那样足以同皇权抗衡甚至凌驾于皇权之上的宗教力量。

中华文化在历史演进过程中最主要的流变,有汉代的"法家改正错误",恢复到以道德主义为基础;宋代的理学开始兼容丛林法则,导致儒学发展为"吃人的礼教";清代开始出现对"宋学"的反动,主张回到"汉学",最后在"五四新文化运动"的决定性打击下,宋学从儒学极端化发展出来的纲常名教体系彻底瓦解;在 1960 年代开始对传统的激进批判,实际上却是对道德主义最彻底的回归,名义上号称是批孔,实际上是批朱;1980年代世界思潮发生整体"向右转",中国精英对中华文化的批判和妖魔化,也相应地达到了一个新的高度,但这种思潮在1990年代迅速受到"新左派"的诘难。进入21世纪,文化则演变为两种倾向,一种是在韩流、日流的冲击再次掀起"向外看"的浪潮;一种是对传统文化"刨根问底"的"向后看"。

来源:福卡经济预测研究所编辑

怀旧文化批判

近些年来怀旧,已经构成了中国当代社会一道既迷人又老态龙钟的风景线,并形成一种与五四新文化运动相反的价值心态:旧的比新的要厚实、可靠、久远。本来,作为一种生存选择和爱好,喜欢怀旧和喜欢趋新,均是无可厚非的。不能说喜新厌旧讨厌,也不能说喜旧厌新就好。但是,当怀旧不仅成为一种个人爱好,而且成为一种时尚,成为一种文化价值取向时,当这种价值取向可能成为当代文明创造的无形障碍而又不被人们自觉时,尤其是:当怀旧成为物质发达、文化守旧的一种东南亚模式在中国有可能被现实化、而又不被人们察觉时,怀旧就不仅需要批判,而且必须被批判!

对怀旧原因的一个老生常谈的判断是：社会越是现代化，人们的心态越是容易恋旧。比如全球性的文化寻根，就是在全球性的现代化这个意义上的怀旧，80年代的中国寻根派作家呼唤"最后一个渔佬儿"时就有了，所以不值得奇怪。在这一点上，恋旧可以是、而且应该是一种人类普遍的现象——只有回头看看，才好继续朝前走，而朝前走的时候，我们常常会情不自禁地回头看看。

一般地说，只有当新事物已经不新并且已经现实化的时候（或者不新不旧的时候），国人才愿意去尝试。比如只有在看了新居以后，大多数人才愿意放弃旧居，比如在看了话剧之后，中国人才将传统戏曲称之为旧戏，比如中国知识分子只有将西方"新思想"抱在怀里，才愿意放弃"旧思想"（尽管那"新思想"在西方已经成了"旧思想"）。但是一旦"新思想"无效，一旦"反传统"不成，国人又会很快地对"旧思想"充满怀念，同时也反起西方来。这就使得新与旧在国人眼里永远是相对的，此一时彼一时的。什么是真正的新、什么是真正的旧，慢慢便有些模糊不清，也不十分重要，全凭自己的生存感受来判断。这么一来，国人就没有什么真正的、不带功利性的"恋旧"，而整个儿是一个"守成"——即喜欢守着现成的东西挑三拣四。国人也没有什么真正的旧，因为新的一转眼就旧，而旧的一转眼便新了。我们不是面对即将到来的、模糊不清的"新文化"而怀旧的，而是无所依靠又不得不依靠的时候来怀旧的。

自然,理解"怀旧文化"对当代物欲化现实的抵抗意义:心灵和精神上的依托感,与现实欲望满足和快感寻求永远是两回事;而"文化"与"精神价值",则主要是针对当代所谓"物欲横流"、"精神衰退"的现实而来的。它包含这样一层意思:一个人或一个民族是不能没有历史的,也是不能遗忘历史的。历史在某种意义上便是怀旧,而怀旧便是一种精神活动。但所有的新文化,大多都是在没有历史也无旧可怀的情况下创造的:中国灿烂的古代文化基本上始于先秦,所以老子、孔子为代表的先秦知识分子,并没有多少"旧"可怀,除了孔子念念不忘"周礼",那时候的知识分子远没有今天这么多的"文化"可回顾;美国、日本这两个世界最先进的国家,恰恰是两个最没有"历史"的国家,也是两个没有什么旧可怀的民族。而那些"历史悠久"的民族(如四大文明古国),则先后在人们的"怀旧"中一个个衰落了。

在"怀旧"中,我们可以缅怀昔日的创造,用来批判和疏离丧失了创造性的当代现实,用来抚慰我们对当代现实的不满情绪。但当我们只能用"怀旧"来抒发反感当代现实的情绪时,一定程度上我们就与当代现实合谋了,从而陷入了新与旧的怪圈,并且越发不可能在文明转变的意义上改变现实了。因为怀旧文化培养起人们的堕性,而堕性又腐蚀着人们的想象力,让人们一步步走向只能看着"老照片"发呆的精神白痴。如果我们将怀旧的路子堵死了,我们就不得不去畅想和构思未来的新的事物;而将未来的路子堵死了或不考虑未来,我们便只能怀旧。

来源:福卡经济预测研究所编辑

第三章
反思传统

文化观念反映了人们对于历史的态度,同时也揭示了人们把握未来的主张。但"树根文化"却沉淀于现实生活的各个角落,而由于对此缺乏足够的认知,民众对先进文化发展的认知和判断也被谜乱、误导了。本章将从根植于传统的文化认知误区入手,揭示当前文化误导的七个方面,然后深度剖析具有明显"树根特征"的九种所谓"潮流型文化"。

文化误导的七个方面

一般研究认为,古代中国的守旧源于封闭的地理条件:西北部的戈壁,东南部的海洋割裂了中国与世界的联系,导致中国文化自成一体且千年不变。当时代发展到今天,地理屏障被现代科技所超越,小农经济被全球化所取代,中国文化也随之发展到新的阶段。形式上,文化的作用被提升到国家竞争的高度,但是追本溯源、固步自封,只知以史为鉴,而不懂面向未来等老问题始终没有很好地解决，一些相关的舆论仍没有认清先进文化的内核，这在社会转型的关键时期，非但不能起到启蒙、推动的作用，反而会在各层面上误导对形势的认识。在以创新为标志的 21 世纪新阶段，不排除这些误导，可能会引发巨大的社会问题。

误导一，定义错误。古往今来，对文化的定义众说纷纭，内容丰富多彩，到目前为止，竟然有多达 200 多种定义。正因为争议众多，最终往往导向细枝末节上的争吵不休，错把外延当内涵，结果造成"文化是个筐，什么都可以往里装"的现象。同时还衍生出五花八门的定义，例如："文化是人类在生物进化基础上的体外非生物进化。"（牛龙菲）"文化是人类特有的、能动地适应环境的方式，其实质是人的非遗传信息。"（吕斌）荷兰学者皮尔森教授更是开创性地指出："文化不是名词，而是动词。"等等。种种定义的优点在于具体化，但与文化的内涵相背离。在《辞海》（1999 版）中，关于文化的定义是："广义指人类在社会实践过程中所获得的物质、精神生产能力和创造的物质、精神财富。"这也是目前中国普遍接受的定义，该定义的优点在于其内容抽象而宽泛，为以后预埋了解释的空间，因为既然文化与人类文明的进程始终相伴，文化的定义也将随之而变化。但其也带有明显弱点：突出强调文化的积淀性，侧重于对历史的继承，没有指出文化的超前性和指引性。

误导二,以农业文明格式化市场经济。在文化定义不清的前提下,媒体很难找准文化与时代的结合点,甚至认为弘扬传统文化就是回归农业文明的清心寡欲。农业文明时代,生产力落后决定了产品的稀缺性,因此农业文明强调压抑个人欲望,倡导人的精神修养,以此协调物质欲望和产品稀缺的矛盾。而市场经济以追求生产最大化为目标,以消费文化协调生产过剩的矛盾。中国走市场经济道路,必然需要有相应的文化支撑。而许多舆论却找不准先进文化的内核,反而陷入自相矛盾的境地,一方面大力建设市场经济文明,另一方面又极度弘扬农业文明的清心寡欲。究其根源,市场经济的消费文化极易演变为个人欲望的极度膨胀,从而引发社会危机。西方国家在解决这一矛盾时,几乎无一例外地导向宗教信仰,通过宗教协调道德和利益之间的关系。而中国传统封建伦理被打破的同时,却没有相应的欲望约束机制,只有试图退回农业文明中寻找精神寄托。当然,以宗教作为中国文化的重建药方也是行不通的,中国需要超越西方的、开创型的先进文化。

误导三,错把西方化当作现代化。由于找不准文化与时代的结合点,世俗媒体容易走入另一个极端,就是将现代化与西方化划等号。西方在经济上的强势地位决定了其文化价值观念在传播能力上的强势地位,以电影、电视、流行音乐及互联网为代表的“软实力”借助商业机制和高科技手段，大举对非西方世界进行渗透，因此文化导向西方化也不足为怪。但问题是从19世纪中叶到20世纪中叶，世界用整整一个世纪的反思证明了西方化不能解决自身的问题，完全接受西方模式甚至会导致可怕的"文化溶血症"。而中国的某些舆论似乎始终未能分清现代化与西方化的根本区别，错把西方化当作现代化，实际上是把自身发展的主动权拱手相让，陷入文化殖民地的困境中。

误导四，任意拿捏文化的内涵与外延。在"误导一"文化本身定义不清的前提下，世俗舆论对文化的作用认识容易偏激。最典型的表现就是片面强调文化的工具性：过去，文化曾经被用来宣扬三反五反、斗资批修、粉碎四人帮；今天，文化又被用来反腐倡廉、弘扬商业诚信，无一不是试图通过宣扬某种文化去影响别人的思维。这样的文化解释，反而容易把文化推向高深莫测，陷入孤立无援的境地，阻碍了文化的发展。而被某些地方引以为豪的"文化搭台，经济唱戏"同样源于混淆文化的内涵与外延，陷入文化万能论。而一旦出了问题，则可以把责任推向谁也说不清其本源的文化，实际上使问题陷入无解。

误导五，时空错位拼接。中国从农业文明的儒家文化，到计划经济的革命文化，再到市场经济的消费文化，天翻地覆的变化在短短一个世纪内迅速完成，多种文化来不及自然更替,便被时空错位地拼接在一起。这种拼接一方面存在很多矛盾冲突,另一方面又有许多空白短缺。而媒体舆论却错把这种文化冲突当作文化多元化,继而鼓吹这种错位拼接,结果是造成社会价值观念的大起大落。最可怕的是旧的价值体系被打碎,新的价值观又不能及时建立起来,形成价值真空,进而导致群体性文化迷失。当矛盾出现时,舆论导向又常常试图以农业文化覆盖其他文化,更是时空错位,颠三倒四。

误导六,文化基因论。由于世俗舆论通常过分强调文化的坚固性,弱化其发展性,由此产生了文化基因论。而如果把文化归结为基因,实际上是从根本上锁定了文化,陷入文化命运论的泥潭。结果,或者导向自我暗示:认为某某就是我们的传统,命中注定要如此;或导向自我悲哀,认为传统文化是中国落后的根源。文化基因论不仅导致文化守旧,而且阻碍了文化本身的快速发展或是抵抗下降的趋势,文化价值也会逐步地丧失,走入恶性循环的陷阱。

误导七,文化特质论替代产业规律。由文化基因论还容易衍生出以文化特质替代产业规律的误导。产业规律是以工业生产替代农业生产,以文化生产替代工业生产。在生产力发展史上,获取暴利者永远是革命者,只有创新型文化才代表产业规律的发展方向。而许多舆论依旧停留在强调传统农业文化特质上,漠视客观产业规律;或者停留在怀念"和文化"的博大精深上,漠视市场经济的竞争规律。如此,则永远处于产业链的下游,永远处于被攫取利润的地位,更谈不上赶超战略的实现。

今天,当人类社会发展到高速切换时代,文化也进入兼容并包、融汇创新的时代。如果舆论仍导向崇古、怀旧,将误导先进文化发展的方向,其表现可能不仅限于上述七个方面。当然,舆论在文化中的权重作用也可能孕育出新型文化。预计新型文化将率先从"误导二"和"误导三"突破,之后引领其他方面逐渐突破创新。

评说九种潮流性文化

中国经济社会发展中关于文化概念与逻辑异常紊乱,传统与现代、庸俗与高雅、主流与另类、精英与大众等模糊不清,潮流文化的不断涌现,似乎是在引领着先进文化的发展方向。其实,潮流文化要么是外来文化的跟屁虫,要么是追忆着过去的似水年华,就是没有"向前看"的未来精神。文化非但没有前进,反而开始老化。作为先进文化的抛砖引玉,以下试就九种典型的树根文化进行一番评说。

(一) 对立型

传统文化眼中容不下半粒砂子,对于新生文化现象总是采用对立的态度,试图将"异类"格式化到底。

台湾名嘴李敖的爱女李文认为在大陆活得很累,为了维护自己的权利而引来了不少"骂名",传统文化认为"家和万事兴",为了这就应该忍气吞声,怎么可以"张牙舞爪"。近来"80后一代"少年作家也引起了不少文化名人的讨伐,认为他们"不务正业"。但是少年作家春树却上了《时代周刊》的封面,可见墙内开花墙外香。随着中国经济体制的顺利转型,思想观念的现代化也刻不容缓。对于"另类"文化更多的应该是宽容而不是抹杀,正如满舟所言:"至少我敢于梦想。"

(二)设计型

此类文化认为什么都能够预先设计好,只要沿着既定道路走下去,无论如何都可以到达理想的彼岸。

中国实践证明改革是摸着石头过河而不是靠专家们一厢情愿的呐喊,非此即彼的终极思维常常让这些所谓的大师闹笑话;民粹主义者为了当权而不择手段,描绘的美好未来结果也只能是无法兑现的空头支票;中国企业家浓重的个人英雄主义情结,当年信誓旦旦、豪情壮语犹在耳边,如今却要让普通员工为其战略失误而买单。

(三)克隆型

方方面面全盘克隆,认为别人的月亮比自家的圆,可是路径依赖总会大出洋相。

企业管理作为舶来品时下成为时髦话题,"做大做强"、"多元化经营"成为众多企业的梦想。"平衡计分卡"、"危机管理"、"6 希格玛"等不加甄别地拿到自己企业来,成为"四不像",管理者的战略惰性最终造就了一个个鲜活的失败案例。中国城镇隐约都能看到欧美文化的影子,什么"东方威尼斯"、"荷兰城"、"德国小镇"。最近,成都大张旗鼓地宣扬要成为"东方伊甸园",这个所谓的创意让许多文化名人吓了一跳。模仿是为了更好地创新,追随是为了将来的赶超,这些单纯克隆的潮流似乎已经模糊了目的和手段。

(四) 灌输型

守着"民可使由之,不可使知之"的古训,欺上瞒下、好大喜功,文化的口号化与虚无化。

近几年落马官员的思路可谓如出一辙,试图掩耳盗铃地进行愚民、牧民政策,明着大搞"政绩工程",口口声声"为人民服务",背地里却干着损人利己的勾当。"高大全"、"假大空"的传统美德被许多人认作主流文化,世俗文化却我行我素地崇尚"人造美女"、"债百万",文化在这里完全蜕化成两张皮。在国内有些企业把文化作为一种形象工程,各种规章制度满天飞,到处是花里胡哨的标语和虚无飘渺的口号,殊不知文化的灌输毕竟是外生的,不可能成为内力推动企业的发展。

(五) 自恋型

自恋型喜欢躺在前人辉煌成就上沾沾自喜,迷恋文化的"博大精深",典型的阿 Q 精神胜利法和文化恋母情结。

茅于轼倡导小学选读繁体字,认为青年人古文水平差是由于不识繁体字所致,两种文字应该并行使用。只要由简变繁就能让传统文化发扬光大?其实文字只不过是个工具而已,更何况让青年人学习古文怎是从书写方式上就能解决的?现在连美国人也开始陷入文化自恋之中。"9.11事件"之后,美国犹如惊弓之鸟开始得上了自闭症,对恐怖主义谈虎色变,从而产生严重的排外情绪。美国曾经号称世界"大熔炉",成为先进文化的发源地,而如今文化的自恋正在日益消磨原有的创新精神。

（六）苦旅型

代表人物余秋雨,文化大散文的煽情与现代人的怀旧不谋而合。

余秋雨先生用优美的文笔来描绘枯燥的历史,成功的商业营销使得《文化苦旅》一举成名,曾经倾倒过一大批年轻人,开创了"文化散文"的新范式。但是余先生总是把目光投向遥远的历史深处,不经意间迎合了现代小资的怀旧心理。社会上到处充斥着"老照片"、"老电影",唐装布鞋卷土重来,过度缅怀过去成为腐蚀文化创造力的精神鸦片。当文化开始不断回忆的时候,此种文化的老去也就成为了必然。

（七）丑陋型

代表人物柏杨。对现实生活强烈的不满转而成为慷慨激昂的批判，只见拆墙而未见建房。20世纪80年代正是中国市场经济转型阶段，物欲横流、灯红酒绿的商业文化冲击着传统文化的堡垒。知识分子作为最为敏感的人群在此面前产生了巨大的失落感，批判传统文化渐成潮流，尤其是柏杨的《丑陋的中国人》，更是掀起了社会上的激烈争论。柏杨先生把中国传统文化说成是"酱缸文化"，一文不值，并认为中国传统文化中有一种病毒，使子子孙孙深受感染而不能痊愈。老先生对于中国文化弱点的鞭挞可谓入木三分，使人看过之后觉得痛快淋漓。但是夸张的谩骂毕竟是容易，但是痛快过后又有什么呢？

(八) 特质型

代表人物曹世潮。认为每个纬度的国家都形成一种特质，这种特质文化决定了其适合发展的产业。这是西方落伍的"地理文化决定论"的现代版。曹先生认为北部地区的文化擅长的是制造，如德国和日本，中部地区是情感，如中国和美国，而南部地区则是精神，如印度。乍看起来挺有道理，但是人类生存的地理环境在生产力落后时也许具有深远意义，而在科技发达、交通便捷的现代社会却不是左右其发展的唯一力量。难道世界的产业链冥冥之中早有安排不成？曹先生所谓的产业战略更多的是对当地过去文化特征的总结，基于此最多只能是安于历史宿命而不可能有任何创新。其实正是过去的经验往往束缚了我们对于未来的真知灼见，在新时代，"只有想不到，没有做不到"。

（九）文明型

代表人物亨廷顿。1993 年美国学者亨廷顿在《外交》杂志上发表了名为《文明的冲突》，并引起轩然大波。亨氏认为自冷战结束以后，文明的认同将取代国家而成为国际秩序的基础，国际局势未来的动向将由不同文明的冲突所决定。他的文明决定论更是由于"9.11"以及接二连三的恐怖事件而名声大噪，为各国更好地理解未来格局提出了一个崭新的角度。但是文明决定论过分强调各种文明之间的冲突，而忽略了他们相互磨合的作用。这种封闭式的思维方法容易使人联想到种族主义，认为文明就是由先天基因决定，龙生龙凤生凤。其实文化不是一成不变的，而是具有流动性和开放性，是在相互碰撞与磨擦中不断寻求创新的。

【背景资料】

文化定义现象

文化定义现象主要体现在对于文化定义的众多观点上。学术界公认的意见认为，被称为人类学之父的英国人类学家 E.B.泰勒,是第一个在文化定义上具有重大影响的人。到目前为止,竟然已经多达 200 多种的定义。文化定义本身成为一个有趣的、争论不休的学术现象。

美国著名人类学家 A.L.克娄伯和 C.克鲁克洪合著的《文化,关于概念和定义的检讨》一书,对自泰勒以来西方的文化定义现象进行过统计研究,他们从 1871 年到 1951 年的 164 种文化定义中概括了六组类型。到目前为止,他们两位学者,对于文化定义的归纳整理是最全面的。这六组类型是:(1)列举和描述性的。这一类型以博厄斯的观点为代表。博厄斯关于文化的定义深受爱德华·泰勒的影响。博厄斯认为:文化包括一个社区中所有社会习惯、个人对其生活之社会习惯之反应及由此而决定的人类活动。(2)历史性的。这一类型旨在强调文化的社会遗留性及其传统性,认为文化即社会的遗传。并认为,作为普通名词时,"文化"指人类的全部"社会遗传",视为专有名词时,它的本质则指"社会遗传的某一特殊素质"。(3)规范性的。这一定义类型强调文化使一种具有特色的生活方式,或使具有动力的规范观念及其影响。例如:O.林纳勃格把文化界定为"由社会环境所决定的'生活方式'之整体"。P.索罗金关于文化的定义则是"超有机世界之文化外貌,包括意识、价值、规范此三者之互动关系,其整合集团及不整合集团……可具体表现于外界行动及文化之传播工具上"。(4)心理性的。根据这一类型的定义,文化是满足欲求、解决问题和调适环境以及人际关系的制度。文化是一个调适、学习和选择的过程。比如:C.S.福德就认为:"文化包括传统上解决问题之方式。文化系由反应而组成,因具成效而为社会成员所接受。总之,文化是由通过学习所得解决问题之道所组成。"(5)结构性的。这种类型的定义皆以每一文化系统的性质及可隔离的文化现象之间所具有的组织之相互关系为中心。文化在这里变得抽象了,它必须建立在概念模型上,并且用以解释行为,而文化本身却不属于行为。最著名的是C.克鲁克洪和W.H.凯利德定义:"一个文化乃历史上源起于为求生存所作的明显或含蓄之设计体系,此体系为此群体之全部成员,或某部分成员所共有。"(6)遗传性的。这种类型的定义侧重在遗传方面。它的中心命题是关心文化的来源、文化存在及继续生存的原因等。这方面以L.J.卡尔的定义最为简捷。卡尔以为:文化的本质正在于"团体中过去行为之积累与传授的结果"。

来源:《学习时报》2002年5月 作者:曾小华

文化全球化不等于文化现代化

随着近年来经济全球化向政治文化领域的不断渗透,在世纪交替间的中国知识界,"文化全球化"的呼声日益浮出水面,有人认为,"文化全球化"将是"未来的东西方文化交流和世界文化总体发展的趋势";有人认为,它将可能给我们"带来严重的文化挑战"。民族主义者认为,"文化全球化"是一种变相的文化殖民,对它"至少应当有文化的抵抗";而"全球化"的支持者则以为,"面对文化全球化的潮流,我们的对策应首先是顺应它"……在今天的知识界,似乎人们只要通过对"文化全球化"的思考,就能够为中国的文化现代化寻找到出路。

但问题在于,"文化全球化"能否完全等同于文化的现代化?它们各自所具有的是怎样的内涵?当然,如果我们简单地否定"文化全球化",那无疑是片面而且粗暴的,但如果我们因此便反过来简单地认为"文化全球化"就能够实现我们的文化现代化,那么我们的认识显然也缺乏应有的理智。这里,问题的关键在于"文化全球化"的内涵和文化现代化的内涵之间存在着严重错位。前者的内涵主要是文化资源的全球化,也就是知识的全球化,"文化全球化"是地域间知识的差异,而非文化价值的差异;而后者则主要是指文化价值的现代化,其任务在于建立与现代化社会相适应的新的文化价值体系;至于作为文化资源的知识,除了存在着人们认知领域的更新,是无所谓什么现代化的。

我们看到,"文化全球化"的倡导者不厌其烦地一再试图证明的是,由互联网、影视报刊等传媒所带来的信息，必然会使世界各民族文化都成为全人类共有的财富，并且这些文化财富也必然会在历史的选择面前不断发展，"全球化不会消灭本地文化，后者中宝贵的和值得生存的一切将在世界开放的格局中找到合适的土壤并生根发芽"。他们认为作为文化价值载体的知识的全球化，也必然会使文化价值本身实现全球化，这也就意味着，文化的全部内容都必将为全球化所"化"。基于这样的认识，他们把"文化全球化"与文化现代化等同起来，似乎也就具有了充分的理由。

从现象上看，这种观点好像言之成理，但在现象的背后，这种理论却隐含了这样的一个逻辑前提，即认为文化价值之间存在着普遍通约性，两种不同的文化价值可以进行由此及彼的渗透直至取代。但这个逻辑前提是否站得住脚呢？两种不同的文化之间是否存在着文化价值的普遍通约性呢？事实上显然不是这样，而且恰恰相反，无论从学理的角度还是从历史的角度看，不同的文化之间在文化价值上都很少是可以通约的。美国学者亨廷顿也认为，不同的文化价值不仅不可通约，而且是互相排斥、互相对抗的，他甚至警告说，文化与文明之间的差异会上升为在全球占主导地位的冲突。既然不同的文化价值是不可通约的，一种文化也就不可能实现对另一种文化的完全取代，这也是我们从中国这一百多年的"西化"中获得的教训。正是基于这样的原因，我们说"文化全球化"只能是文化资源的全球化,而不可能是文化价值内涵的全球化,它与中国今天的文化现代化之间存在着严重的脱节。

来源:《光明日报》2003年9月24日 作者:席云舒

中国互联网十大恶俗文化批判

一、《大话西游》

据说每一位即将负笈远洋的清华学子行囊里必带上一套或数套《大话西游》。不可否认,这部电影作为对传统经典的解构,确有其独特而灵动的一面。但也应当看到其刻意张扬俚俗文化、市井哲学、嘲弄善良的另一面。《大话西游》如此风靡一时,用当年钟惦棐在评论《城南旧事》的时候说过的一句话来形容完全合适,大意是:它似乎什么也没说,又似乎说了点什么。这部影片的成功之处在于为观众提供了一个空筐,人们可以从多个角度对其进行解读,把自己的喜怒哀乐、感慨顿悟统统装进这个筐里。《大话西游》反映出当前互联网上流行文化的一个特点,即要聪明不要智慧,要形式不要思想,要摸棱两可不要黑白分明。

二、金庸

这位大侠随便打一个喷嚏,互联网都会抖上三抖。许多古典文学修养比较欠缺的读者惊叹金庸小说里的文化底蕴，其实，金大侠只不过是擅长把传统文化里一麻袋一麻袋的东西拿来重新做成小包装而已。金庸在互联网的持续走红，证明他不但是位**市场营销**的行家，而且也是一位自我炒作的里手。

三、王朔

王朔小说的影响不可谓不小，他弘扬痞子文化，躲避崇高精神，唾液四溢、板砖乱飞之处引来看客们无数的喝彩。其实这些都只是表象而已。他所宣扬的都只不过是一种斤斤算计、趋利避害、妥协苟且的生存法则，他所代表的是一种没落而腐朽的文化。他所反抗掉的都是那些善良而美好的东西，对于真正的丑恶，他往好里说也是视而不见。

四、王家卫

王家卫在网上的受欢迎程度不亚于金庸和王朔，他是个典型的所谓小资符号。他的作品晦涩、无聊，似乎在玩品位，玩高深，其实骨子里所折射出的无非是末代贵族最后的风尘以及殖民地的风花雪月。

五、张爱玲

伴随着一种对旧上海十里洋场的迷恋，一些人把张爱玲当成一代才女供奉起来。但是无论张爱玲被她的推崇者描述得如何才高八斗，风华绝代，历史事实总是不能抹杀的。当日寇铁蹄践踏，国家山河破碎的时候，身处日寇统治的上海、受过高等教育的张爱玲，居然丧失了作为中国人应有的最起码的是非爱憎,主动向大汉奸胡兰成投怀送抱,这是一个无论如何也掩饰不过去的人生污点。一个人可以不拘小节,但关乎民族大义的大节焉能儿戏。我们不主张以其人废其言的武断做法,但是,却也不应该把人和文完全割裂开来。我相信罗曼·罗兰的一句话:"要想往别人心里撒播阳光,首先自己心里要有阳光。"

六、日本动漫

日本文化里有值得我们学习的优秀的成分,但我们也应该看到,这个岛国文化没落的一面。一段时期以来,在"哈日""哈韩"潮流的带动下,大量的日本动漫涌进国内,并充斥于互联网上。尽管日本动漫里也有少数的优秀作品,但多数作品代表了一种纵欲的消费文化。日本动漫喜欢用各种少女做主角,那些煽情暴露的画面,所表达的无非是一种遮遮掩掩的意淫情结。

七、朱德庸

朱德庸的漫画都是一样的套路,人物矫情孱弱,内容无聊乏味,大部分笑料都是咯吱人的。朱氏漫画在大陆的风行,反映出当前中国中间阶层思想的乏力和空虚。小人书影响了好几代中国人,我们需要鲜明、有力的漫画,而不是朱氏漫画这种虚弱自恋的东西。

八、网恋文学

网络深刻地改变着当前中国年轻人的婚恋观念和

性观念。网络文学作为网民生活的反映,描写网恋也是理所应当的。然而痞子蔡的走红,使得大多数网恋文学摆脱不了这样的窠臼:落魄公子把网迷,巧遇 MM 聊天室,其中一人还会得绝症。这种程式化的套路,嗲声嗲气的语言,都像一个模子扣出来的。

九、网络游戏

当前网络游戏方兴未艾,但这些游戏都没有摆脱传统电脑游戏的路数。烦琐的道具,无头苍蝇式的奔跑,人们在打打杀杀中丧失了自我。我们相信,将来的游戏应该是作家编写的,应该有更多的人文内涵。

十、小资生活

这个被有闲阶层生造出的词充斥于媒体和网上。曾经有人给小资生活总结了 26 个关键词,本义是讽刺挖苦,但却反被一些人奉为行动指南。究竟什么是小资?似乎谁也说不清,其实无非是形而下的物质主义和享乐主义的大杂烩而已。某些人赤膊鼓呼,某些人津津乐道,其目的无非是把当前一些优秀文化的萌芽都装进物质主义和享乐主义的大箩筐,为其所用。其实,中国当前网民的主体根本不是什么小资,而是新时期的劳动人民及其子弟。代表这个时代的先进文化绝对不是小资,而是处于转型期的大众文化。那些倡导小资的人,目的是为了在推销一种生活方式的同时,推销欲望和消费。

来源:《中国青年报》2001 年 8 月 21 日

第四章
千年传承凝结转折

传统文化的"树根"特征束缚了国人的视角,而现实的问题又需要文化的补台,这突现了文化转折和突破的急切性。面对沉淀千年的历史文化,"割舍"需要足够的勇气和决心,而把握未来型的"先进文化",则需要开拓与创新精神。当前,尽管现实中存在着这样那样的文化误导与盲区,但文化经历史车轮碾压至今,在"三新革命"(新的交易方式、新的生产方式、新的生活方式)的推动下,中国文化当迎来一场"新文革"。

当物质方式让位于精神方式

传统工业文明为人类创造了辉煌的物质财富。蒸汽机、钢铁、炼油厂、汽车厂等工业化的产物提高了对资源的占有和整合力度。这种物质方式如今却面临自身带来的挑战——生产过剩、劳动力过剩。同时,无限扩大的生产能力面临能源、原材料等物质短缺的制约。过剩与短缺的矛盾成为物质方式解不开的方程式。以概念、信息、

问鼎21世纪新文化

网络、体验、动漫为代表的精神方式却异军突起,跳出了物质方式的束缚,开创了新的自由空间。美国以信息高速公路战略再次拉开自己与工业化物质生产强国日本的差距,日本最近也是依靠动漫等精神方式消费的拉动开始了经济复苏,一种新经济文明的精神方式正在代替传统工业文明的物质方式。

物质方式与传统工业文明紧密相连。物质资源要素在工业经济时代起决定作用,纺织工业、钢铁工业、石油及重化工工业、汽车工业在工业时代概莫能外。资本逐利本性产生过剩,于是交易网络的促销战、价格战此起彼伏,应收账款增加,信用体系遭遇危机,现金交易、现金为王重新占据主流地位,消费需求和生活方式受到制约。布雷顿森林体系的倒塌、美国 70 年代的滞胀、日本 90 年代的疲软预示着传统工业文明物质方式的末路。新经济文明解开了套在美国头上的物质方式的枷锁,克林顿总统的荣誉来源于新经济带来的经济增长,而从 1995 年到 1998 年,美国经济增长的三分之一由互联网贡献,1999 年互联网给美国增加了 5070 亿美元的产值和 230 万个工作岗位。新经济文明让日本走出经济低谷,现在日本动漫对 GDP 的贡献列旅游业之后位居第二。新经济的代表硅谷超越了工业化的汽车城底特律。在中国,网易的丁磊、盛大网络的陈天桥积累财富的速度超过了他们任何一位前辈。以新经济文明的精神方式代替传统工业文明的物质方式成为经济社会发展的大趋势。

　　精神方式的兴起，物质方式的衰落，改变了人类的生活方式。开始，当人类不再为物质生活而奔波的时候，个性化、情趣化、感官化等精神需求就成为人类生活新的追求。大街上留"莫西干"式的黄毛青年展示他们的个性，够炫够酷的彩屏手机显示着他们的情趣。接着，消费对象由有形的物质商品变为无形的娱乐、情感。看美国好莱坞大片，欣赏 NBA 球赛、欧洲足球锦标赛，人们一边追求着时尚，一边追求它们带来的精神享受。人与人因为共同的兴趣爱好成为友人，而不是因为物质利益的交往成为朋友，君子之交淡于水日益成为现实。随后，消费的具体物质目标逐渐被淡化在消费过程中，只要在消费中或消费后"开心快乐"就行。"泡吧、上网、旅游、健身、美容"，人们疯狂投资于自我感觉和自身健康。最后，人们消费是注重现在而不是着眼过去。现在存钱防老的概念日渐式微，用别人的钱、用今后的钱满足今天的消费，在韩国，信用卡就被大量透支消费。

　　生活方式的改变导致生产方式的改变，精神生产代替物质生产。首先，知识密集型生产代替资本密集型生产。工业强国纷纷削减在本国的传统工业项目投资，并加强信息化投资。一个商业模式，几台计算机、几个人组成的互联网企业大量兴起，这种互联网企业不需要物质消耗和大量资本，只需要高知识和精神思想。其次，一次精神生产,多次精神消费。一部美国好莱坞大片,一次生产,多份拷贝,可以供人们无限次观看。一场 NBA 球赛和欧洲足球锦标赛,可以超越时空限制,同时让亿万球迷获得无限精神享受。再次,虚拟生产方式出现,产生虚拟财产。在网络世界中,人们组成的社区和团队,创造自己的财富。中国已经出现了因为网上虚拟财产被盗而发生的法律诉讼。盛大网络的陈天桥提供网络游戏服务,目前身价达到 90 亿。最后,生产周期发生改变。为了满足精神体验消费,大量的时间和精力将花费在相关概念的前期策划阶段,而后期则较少。

生活方式和生产方式的改变,导致交易交流方式的改变。第一,网上交易代替网下渠道交易,B-B、B-C 成为广为人知的术语。电子商务网站一片繁荣,阿里巴巴、eBay、携程网、易趣网等网站快速发展。第二,网上交流代替网下交流。短信、网上聊天、QQ 取代信函、电报。第三,电子货币大行其道。截止到 2002 年底,美国信用卡发卡总量超过 6 亿张,信用卡的年交易量超过 1.4 万亿美元,人均持有信用卡 3 张。目前,我国银行卡为 6.5 亿张,具备透支功能的信用卡为 3000 万张。第四,信息传播速度加快和作用加强。因特网成为继报刊、广播、电视传统媒体后的第四媒体。人们现在可以不看报,不听广播,但是一定会上网,见面时常问候一句"今天 Google了吗"。长沙和黑龙江的宝马撞人案通过网络迅速传播,为事情的公正解决提供了重要的网络媒体力量。

精神方式代替物质方式后，其所产生的新生活方式、生产方式和交易方式孕育了新的经济文明，经济文明的桅杆已出现在海平面。新经济文明的网络化给予无限自我展示和不同个体碰撞的空间，提供了形成敢于碰撞文化风格的土壤。新经济文明带来的不确定性和多变性，需要具有灵活的快速反应去应对，灵活多变成为新文化风格的一部分。比尔·盖茨、丁磊、陈天桥等新经济的代表人物所蕴涵的创新精神激励了许多人去打破既有秩序，突破自我，敢于创新就成为新文化的基因。精神方式代替物质方式形成了碰撞、灵活多变、敢于创新的文化风格，随着新经济的发展，它将成为未来文化的重要特征。

关于一场"新文革"的假设

新中国建国后，意识形态成为了支配现实、评价现实的至高无上的准则，而"文革"的大批判运动使中国全部社会生活政治意识形态化达到了极点。中国用一种粗放的手段割断与"树根型"的历史文化脐带。各种政治运动、空泛的大批判带来的不仅是政治的动荡不安，更引起了人们思想上空前的大混乱。"文革"结束后，中国面临的不仅是百废待兴的经济残局，更面临着文化认同的严重混乱。"文革"结束至今二十几年的时间里,传统文化伤筋动骨,"新儒学"曾一度中兴但终究难成气候。传统文化隐然退席,而西方思潮泥沙俱下,鱼龙混杂。

那么 21 世纪的"新文化"方向何在?文化的大转型必然带来社会思潮的大激荡,那么现在就需要关于一场"新文革"的大胆假设:谁来踢开文化大门的第一脚?

"物以类聚,人以群分",社会组织划分原则在新经济唱主角的 21 世纪已经大大不同于以往。农业社会中人们是以血缘、地缘为基点编织人际关系,所以基于血缘的家族、家庭关系成为农业文化的特色,从古代把"君君臣臣"的政治关系比作"父父子子"的家庭关系,到现在海内外华人中盛行的家族企业,无不充斥着浓浓的血缘气息;农业社会后期,随着经济交往的扩大,地缘关系成为血缘关系的延伸和补充,从声名显赫的"晋商"到辉煌一时的"徽商",从无处不在的乡亲会馆到各种经济地缘小帮派,无一不是以地缘为纽带的社会联系。工业社会中,"业缘"取代血缘和地缘成为社会组织的新原则,职业成为决定个人社会身份主要依据,于是作为主流文化重要补充的亚文化——各种职业文化应运而生并且蓬勃发展。

在新经济时代,"趣缘"将取代"业缘"成为主流,社会的交往不仅不限于特定的时空,覆盖全球的网络系统没有任何中间管理阶层,个人只要依附于此就可以实现

问鼎21世纪新文化

全球信息遨游。人们将更多地根据兴趣决定自己身份的归属,而信息技术的不断进步又为这种新组合方式提供了平台。全新的网络社会架构、新型生产和生活方式呼吁一种"新文化"与之对应,而网络提供的零距离双向互动的交流方式,如博客、网上论坛、即时通讯工具都具有破坏现有文化的革命爆发力,这种力量能突破传统文化的时间性和地域性特点,在很短的时间内将全球各个国家的有共同兴趣的人集合在一起,成为一股强大的力量。如"孙志刚案"、"宝马撞人案"的解决方式,就得益于网络的强大力量。如果在前信息社会,这两个案件不仅可能只会在一个地方流传,更有可能随着时间的流逝而烟消云散。网络时代交往方式的变更从根本上改变了文化形态,孕育着的"新文革"的力量因子将是网络文化熏陶出来的"新人类"与网络先锋队。

"新文革"的出现将肇始于"三新":新生产方式、新交易方式、新生活方式的巨大变化:(1)新生产方式。日本的动漫产业、美国的音像产业已经成为其出口的主要支柱,这些更多地依赖"头脑"的产业打破了时空必须结合的"工厂"的传统概念,体验经济、灵性经济、虚拟经济越来越有市场。(2)新交易方式。网络时代的交易,货物的展示、移交,货款的交付等诸多方面都实现了网络化,交易的时间空间将可分离,传统的"市场"概念更是扩大到虚拟的网络市场。(3)新生活方式。消费方式、娱乐方式、教育方式等都发生了巨大的变化,从 SOHO 的生活方式得到都市人的追捧可见一斑。

生产、交易和生活方式的深刻变革,必然会引起文化领域的革新,新文化革命呼之欲出。信息时代的新文化变革,与"文革"时期的文化变革有着本质的区别。虽然都可称"文革",但老"文革"并非单纯的文化革命。它是在文化革命旗号下对整个经济社会结构的大颠覆,这是一场自上而下的人为运动,这场运动脱离了预期设定的轨道而变成一场"打砸抢"的社会动荡。"新文革"则是在社会经济实现质变而后引起社会文化的变更,是在文化领域的一场革命,是一场自下而上的社会渐变,有着比较成熟的社会精神基础和技术基础。

信息技术的发展为"新文革"提供了坚实的技术基础,从卫星技术的发展到网络的普及,信息时代的来临使世界变小,人们沟通、交流的成本在逐渐降低,世界正在从森冷的意识形态堡垒走向鲜活的生活,经济社会也随之出现新变动。人类尚处于一个文字交流的世界,这个自从阅读和写作开始普遍传播就存在的世界,强调的是线形逻辑论证,从一点推论到下一点,点点相连,逻辑地营造出最后一点。情绪化的诉求当然是可能的,但这种诉求只能是面对面的要求,写在纸上却很难。逻辑感染力可以在电子媒体上形成,然而电子媒体煽动情绪的功能远强于逻辑信息的传递。从书写文字向"视觉—口头语言"媒介的转移将会改变人类思维和决策的方式。马克思要写出洋洋洒洒且逻辑严密几百万字的《资本论》才能阐述出对未来社会的构想,而在信息时代,几个真实生活的展示而非逻辑演绎更能吸引人们的眼球。"印象"也许比思维更能说服电视时代的人们。

在"树根"文化时代,人与人之间的联系必须通过"他者"来实现,如中世纪欧洲人几乎所有的公共生活(集会、战争、文艺等)都在宗教名义下进行;农业社会中,中国人的公共生活都围绕宗族展开(祭祀、劳作等);民族国家的人们公共生活则在国家法律的框架下演绎。他们都需要"他者"作为文化结集的纽带,"他者"其实就是其文化中最深的树根,这是一种:点(个人)—面("他者")—点(个人)的社会结构。而在"星云"文化时代,"他者"随着"树根"文化的陨落而逐渐消弭。随着通讯科技的飞跃,人与人之间的关系将变成点(个人)—点(个人)的社会结构,是一种开放、扁平的组织形式。"新文革"就是对"树根"("他者")的颠覆,使人与人之间关系更加多元,就业与享受的界面在日渐模糊,以家庭、职场、社区为主的传统结点将转变为以各自生活方式为纽带的信息社会。工业社会下单纯的物质消费在让位精神消费,从自在追求上升到自觉追求。

这场"新文革"远未到达巅峰,一是科技的无限发展遭遇市场的考验,二是人类对新文化的心理承受能力尚在适应中。各种力量的碰撞、掺和、崛起和转型夹杂在一起,因此,"新文革"的拐点尚在渐变中酝酿。

【背景资料】

中国文化转型面临的挑战

新世纪中国文化面对的问题和挑战:挑战之一是如何从一种古老的农业文化走向现代文明。挑战之二是如何从一种长期封闭、近乎于独立发展起来的文化走向世界。挑战之三是如何从一种普遍贫穷落后的文化状态走向持续发展不断提高的文化状态。时至今天,我们欣喜地看到,中国社会正在告别农业社会,迈入工业社会;正在打破封闭,拥抱世界;正在走出贫困,迈向进步与繁荣。然而,新世纪的社会发展又提出了新的课题:信息社会来临,全球化日见端倪,贫富差距正日益扩大。于是,中国文化又将面对新的挑战。

信息时代的文化问题

未来的科学技术对文化的影响主要是信息技术的影响。以信息技术为中心的技术革命正在形成中,这场革命将把人类从原子时代带到比特时代,数字化的信息技术革命将实现思维的机械化和社会的网络化并产生一种新文化。

全世界都在迎接新的信息时代的到来。迅速发展着的大众传媒手段，随着信息技术的数字化革命的进展，在改变社会价值观方面的功能将愈来愈超过家庭、学校和社会团体的作用。而且随着全球网络的开放，全球性文化的融合和冲突将日趋加剧。这种文化的融合和冲突对于进入小康时期的社会可能是一种不稳定因素。

一个尚未完全告别农业社会的文化系统，如何适应迅速来临的社会高度信息化的挑战。信息社会的来临将根本改变社会的生产方式、生活方式和文化方式。文化有两大社会功能，一是积累社会活动成果，二是传播社会活动成果。进入信息社会，成果积累由日积月累的渐进方式转化为日新月异的激增方式，文化内容的淘汰与更新会越来越频繁，越来越迅猛。随之而来的将是价值观念的持续震荡和代际关系的不断冲突。从传播的角度看，文化的操纵方式将产生很大改变。以文字为主的时代正被以视屏与联网为主的时代取代，文化传得越来越广、越来越快、越来越多。随之而来的必然是一个文化多样化的时代。在这种情况下，传统文化的一维性结构将遇到尖锐的挑战。

社会转型的文化心理准备

走向新世纪的中国社会必然会告别贫穷走向富强。然而，从文化上说，中国远未为一个由穷变富的社会做好文化心理上的准备。一方面，一个由穷变富的社会的生活观、消费观乃至全部价值观都需要重新建构。平均还是两极分化？禁欲还是纵欲？享乐还是升华？这些问题会不断地困扰我们。另一方面，一个由穷变富的社会的文化机制也会发生根本变异。文化的市场特性、产业特性、商品特性及流行化、大众化不可避免地冲击我们的文化传统。文化一方面要经历从天国到红尘的炼狱，另一方面又要"出污泥而不染"，选择一种出俗入雅，沟通阳春白雪和下里巴人的发展模式。

来源：《光明日报》 1999 年 12 月 30 日 福卡摘编

试论精神生产力

新的世纪已经来临，人类正由工业经济时代向知识经济时代迈进。人类对"生产力"的关心和研究超过了以往任何一个时代。在知识经济时代，相对于物质生产力而言，精神生产力显得格外重要，它将成为先进生产力的发展方向，成为促进社会快速和谐发展的重要导引力。

一、生产力的分类

生产力可以划分为人自身生产力、物质生产力和精神生产力。所谓"精神生产力"，是指人类有目的地创造各种思想、观念、意识、文化、艺术等精神产品的能力。

三种生产力使人类历史呈现出三个依次递进的社

会发展过程,即:人的依赖性社会、物的依赖性社会和个人全面发展的社会。它反映出人类社会不同发展时期生产力发展的重点内容及其不同特点。

目前人们一谈到生产力,立刻就想到如何促进"物质生产力"的发展与繁荣,但这远远不能覆盖生产力的全部内涵。比如,"人自身生产力"就存在许多问题,在某些受教育程度较高、综合素质较高的人群中出现了出生率低下的现象,引发了社会平均人口素质下降及老龄化等问题。

二、时代呼唤精神生产力

人类目前所面临的诸多问题,如环境污染、淡水紧张、能源危机以及民族矛盾、地区冲突、恐怖主义等问题,都可能在不确定性因素的干扰下引发重大事件。高度发展的物质文明大厦,有可能在一瞬间化为一堆废墟。从根本上讲,无论物质生产力本身如何发展,都无法自行解决这些问题。只有协调发展物质生产力与精神生产力,特别是发展高尚的精神生产力,才能解决这些世界难题。

为什么同一制度下的国家,其科技、经济和社会发展有快有慢,原因固然很多,但从根本上看,以文化环境为代表的精神生产力发展程度的高低,是一个潜在的、深层次的因素。在知识经济时代,精神生产力的发展,将是一个国家综合竞争力的重要标志和重要组成部分。

可以预见,未来经济是一个文化含量很高而且会越来越高的经济,它需要大批高素质的劳动者,需要良好的职业道德、社会公德、价值观念和文明健康的生活方式。未来经济的增长主要取决于人的质量,而不是自然资源的丰瘠程度或资本存量的多寡。

三、精神生产力是未来社会快速和谐发展的重要导引力

古今中外的文明发展历史一再证明,越是思想活跃、文化繁荣、观念超前、允许百家争鸣的地方,就越容易促进物质生产力的发展,成为该时代经济繁荣的中心。重视高尚的精神生产力的发展,可使人与自然、人与社会的关系趋于和谐状态。反之,如果我们忽视精神生产力的发展,得不到重视的精神生产力会发生畸变,从而产生邪教、恐怖主义等有害的极端行为和文化垃圾。精神生产力以理论逻辑的形式、或艺术形象的形式,来反映社会和自然,它具有理性化、规律化的特点,它拥有先导性、鼓舞性、包容性等优势。在物质生产力高度发达的今天,特别是在知识经济占主导地位的将来,精神生产力必将成为社会快速和谐发展的重要导引力。

来源:《哲学研究》2003年第12期　作者:姜澄宇李辉

处于文化转折的时代

人类社会发展实质上是道德、权势、经济、智力和情感五种维系社会的基本力量相互作用的结果。这五种力相互作用的结果总是使其中的一种成为支配社会的主导力量，从而形成社会运转的"中轴"，并且由于社会中轴的转换而表现出社会发展的阶段性。人类社会的发展已经先后经历了两次社会中轴的转换，从道德中轴到权势中轴和从权势中轴到经济中轴的转换，目前正在发生的是从经济中轴到智力中轴的转换。

按照中轴转换原理，后现代社会是智力中轴主导的社会。从现代向后现代的过渡看文化，文化的现代性与后现代性的区别在于，科学、艺术、道德之间的关系。人们对现代性的不满在于科学、艺术、道德的分离，现代化的历程就是这三个方面的分裂发展并造成现代化的危机。从战略看问题，后现代文化建设的主要任务在于促进科学的人性化，以克服科学与道德和艺术的分离。这意味着人类文化的转向。

在时代的历史性转折关头，任何文化传统都面临能不能被科学论证的考验，于是便产生了如何在新旧文化转接中创造新文化的问题。原封不动照搬传统是不能奏效的，我们需要寻找新文化得以破土而出的种子，以便在现代科技文明的"土壤"中生长出新的科学知识系统和人文的社会价值体系。

来源:《学习时报》第 133 期作者:董光璧

第五章
风云际会新文化

　　随着全球化、网络化、个性化、体验化时代的到来，饱经风霜几千年的树根型中国传统文化正面临危机：一是中国传统文化日渐失去其赖以生存的土壤和空气；二是近代以来的历次文化冲突已使中国传统文化完成了从量变积聚到质变的过程，目前正处于质变的临界点。

星云型文化

　　以家庭为根的小农生产方式正让位于社会化的工业生产方式，民主开放的社会已取代过去的封建专制社会，传统文化已不可能指导和影响新时代人们的行为。无怪乎一些学者哀叹儒家文化已经绝后。新时代的人们对传统观念和生活方式不屑一顾，他们追求时尚，彰显个性，家族观念甚至家庭观念淡漠，寻求个人空间和体现个人价值已成潮流。另一方面，从"师夷长技以制夷"的洋务运动，中国开始接受和学习西方文化，培育民族工业，工业文明开始萌芽；辛亥革命废除封建专制，引进民主思想,发展民族工业;"五四"运动对传统文化发起全面进攻,开创了西方文化与中国国情相结合的摸索之旅;十年"文革"再次无情摧残传统文化。最具颠覆性的还是市场经济制度的推行与传统文化体制的冲突,"事缘"、"业缘"正取代血缘、亲缘成为家族企业甄选接班人和管理人员的标准。这些表明,树根型的中国传统文化确实已经岌岌可危。

但是,中国传统文化的危机并不是中国文化的危机,而是意味着中国文化转型期的到来。21世纪最显著的特征是,科学技术尤其是信息技术日新月异的发展,不仅加快了全球化的速度,而且变革现有的生活方式和生产方式,颠覆以往的政治、军事、经济等理论和社会结构。这些使人类社会以前所未有的速度发展变化着,应接不暇的新事物不可避免地让人感到未来的不确定性和难以把握。文明史悠久的中华民族迫切需要一种新型的文化指导人们的行为,这种文化应是着眼于未来的文化。

正如西方学术界因上世纪50年代出现的西方社会文化危机,以及两次世界大战带给人们的心灵洗礼,经整个20世纪对文化前途问题的理性反思,最终抛弃"西方中心论",形成今天的这种面向未来的文化理念。与"双新"(新生产方式和新生活方式)时代接轨的新世纪中国文化将呈现出星云型文化的特征,像浩瀚的宇宙一样,无边无际、无常态、敢于碰撞、不断选择、善于学习和创新的新型文化。她是中华民族面向未来、迎接新世纪挑战的文化。

新世纪的星云型文化将具有如下主要特征:

(1) 碰撞性。由于全球化、网络化,人类的交流突破了时间、空间的限制,在多民族智慧的交汇中,人们的思想不可避免地发生冲撞。这恰好给我们提供了享用文化大餐的机会,不再局限于本民族的"诸子百家",而是世界的智慧宝库,碰撞虽会产生痛苦,但同时能产生新的思想火花。因此,星云型文化将是敢于碰撞的文化,只有敢于碰撞的文化才能适应日益"缩小"的世界。

(2) 学习性。有两层含义:一是愿意学习,"有容乃大"。"容"指的是海纳百川的胸襟,"大"指的是智慧的广度、深度和厚度。面对开放的世界,星云型文化将虚怀若谷,不再以五千年的文明史和四大发明孤芳自傲,而是敞开民族心扉,吸纳其他民族智慧,丰富本民族的智慧宝库。二是善于学习。各民族文化存在差异,对其他民族文化的理解会有一定的障碍, 加之在漫长的历史长河中,各民族文化均发生了一定程度的变异,丧失了其智慧的部分本质的内容,承传的只是字面的东西,有的甚至被扭曲。星云型文化将善于把握其他民族智慧的真谛,既避免误入歧途,又开启智慧的金钥匙。

(3) 前瞻性。即在碰撞、选择的基础上,不迷恋过去,而是探索未来。现代世界日新月异,过去已成为历史,现在即将成为过去,未来才是希望之托和必须面对的挑战。星云型文化将更多关注"明天"将会是什么样,从而决定今天应该怎样,以提高中华民族的应变能力和在国际社会的生存能力。可以预见,未来学将在中国得到很好的发展,如今已经存在的预测研究将有更广阔的发展空间,向前看将取代回头看而成为国人新的文化理念。美国曾经是星云型文化的活标本,短暂的历史、包容多民族文化的智慧和向前看的民族性格使得美国在现代历史上遥遥领先,对未来的想象引导美国社会前进。但美国人自己似乎并未意识到这一点,过去的向前看出于无奈(无历史可追溯),在辉煌的成就面前,美国文化开始呈现树根型特征,因而导致近几年的经济恶化和国家战略的失误。

(4) 创造性。即星云型文化将赋予人们敢为天下先的创造性思维,在学习其他民族文化时,不是简单地对各民族文化进行加总,更不是过去的古为今用、洋为中用,而是在更高的境界进行融合,在碰撞、学习、探索的基础上,产生出前所未有的智慧之光,在技术标准、规则制度等方面大胆"吃螃蟹",不断"无中生有"、标新立异、先破后立,敢做争做"第一",这些奇思妙想也为人类文化做出贡献。

综合上述特征,星云型文化是无常态的,扎根于现代生产方式和现代生活方式，探索未来而不是沉淀历史，既开放又自成体系,碰撞——学习——前瞻——创造不断循环往复,螺旋上升,同步于瞬息万变的世界发展。这种特征将赋予中华民族探索精神、灵活应变和勇于创新的性格,在 21 世纪塑造民族性的新思维方式,如此,则中华民族前途无量。

颠覆美国版星云型文化

世界进入 21 世纪后，物质生产将逐渐让位于精神生产。由于文化产业的国际化,各国之间的文化冲突将不可避免,特别是发展中国家,将面临国内传统文化与现代社会、本民族文化与外族文化的双重冲突。这给了美国利用其文化产业优势,在"全球化"外衣下实施其"美国化"阴谋的机会。世界其他国家随之反弹,欧洲擎起"发展欧洲文化抵制美国文化"的大旗,一些国家甚至采取文化贸易保护主义。毫无疑问,世界已进入文化博弈时代,加强文化这一"软"基础设施建设成为当务之急。

世界各国之所以如此重视文化,与文化在国家战略中的地位和作用密切相关。因为,文化是一种具有强大辐射性和渗透性的"不战而屈人之兵"的软国力。利用文化扩张不仅可以网罗人才,斩获利润,还可以推行价值观,实现经济目的和政治目的双丰收。美国文化战略就是策划和运用文化力量实现其国家利益,为此文化产业是美国全球化程度最高的产业之一。"新经济加转型期"的中国正陷于文化的"内忧外患"之中,文化战略的重要性和紧迫性自不必言。福卡认为,21世纪的中国文化将是星云型文化,那么是否将以美国的星云型文化为"蓝本"呢?

美国能在短时间内造就繁华,成为当今世界唯一的超级大国,虽然两次世界大战帮了一定程度的忙,但不可否认,星云型文化功不可没。美国的星云型文化是在实用主义(美国本土哲学)原则指导下,基本上保留了世界各民族文化的原汁原味,显示其自由精神,以此吸引各民族优秀人才,为美国利益效劳。美国的星云型文化使美国成了各民族文化的集汇地,对自由、民主的共同追求,营造了开放性和多元性的特殊文化环境,形成了今天包含100多个民族拥有2.5亿人口的"美利坚民族"。这种文化使美国不仅成为世界寻求高等教育者的"圣地",而且成为有才华、有技能的人实现自己理想的梦乡。至今每年有50万的外国学生涌向美国,其中很多最有才能的留学生扎根美国,此外还有大批技术和经营人才移民美国,这些人才为美国社会、经济的发展做出了杰出贡献。如今,世界一流的教育、技术、服务、管理等几乎都属于美国。美国对文化模式的一次颠覆所形成的这种开放、包容的星云型文化,将发端于欧洲的工业文明发展到极致,并随着美国率先进入知识经济时代,为工业文明划上了休止符。

勿庸置疑,在 20 世纪,美国的星云型文化的确向人类展示了一种新型的文化模式,正因其星云型文化的优势,美国文化取代欧洲文化,成为世界文化舞台的主角。然而,美国文化是最好的文化也是最差的文化。美国星云型文化的成就虽赢得了世人羡慕,但脱离欧洲文化的束缚之后,美国文化只有发散,没有收敛。美国文化的主要成分是欧洲基督教传统、共和主义和个人主义。基督教传统崇尚勤俭,自我约束,但从来没有像东方的佛教或道教那样通过苦心修炼寻求自我解脱,而是通过追求财富来达到心灵的解脱。因此,自上个世纪 60 年代起,个人主义膨胀,诚实、自制、勤勉、节俭等美国文化优秀传统开始被抛弃,代之而起的是消费文化,追求舒适,贪图享受。经过 20 世纪 60 年代到 80 年代的 20 年时间的社会运动,美国文化被"刷新"。

由于美国虽包容各民族文化,但浸透骨髓的"种族优越感"和现实中取得的成就,使美国主流社会不屑学习其他民族文化的优秀成分,美国文化出现退回树根型文化的趋势。少数民族优秀人才因跻身主流或上层社会时常遇"玻璃天花板",未能在美国社会经济发展中更好地发挥作用。工业文明发展的同时,美国文化呈现出多重悖论:95%的美国人信奉上帝，但美国社会却物欲横流;标榜平等,却种族歧视严重;科技发达,却有众多邪教;法律多如牛毛,犯罪率却居高不下。美国在物质发达的同时,道德却日益滑坡。美国已成为当代社会毒瘤的源头和传播者,污染人类社会,危及人类安全。

　　美国缺乏收敛的、实用主义的星云型文化不仅在国内面临危机,在国际社会中亦麻烦缠身。美国人打着"为上帝而战"的幌子,为美国利益四处扩张。从对印第安人灭种式的土地掠夺,到眼前的伊拉克战争,从人权干涉到军事打击的文攻武斗,都有深深的文化霸权烙印(只有白种人是"上帝"的选民,他们奉"上帝"之命打造"人间天国")。美国文化霸权使得美国文化在东西方文化冲突中处于尴尬的境地。"9.11"事件后,西方文化与伊斯兰文化的冲突愈演愈烈,美国在巴以冲突中偏袒以色列的立场和其发动的伊拉克战争,不但没有实现其用美国模式改造中东国家的目标,相反更加激起了阿拉伯世界的反美情绪。美国文化的悖论所带来的国内社会危机(犯罪、暴力、贫富悬殊日益严重等)以及遭受的恐怖主义威胁,表明美国文化正面临前所未有的危机,它预示目前的美国文化很难在新世纪的文化博弈中胜出,文化模式面临二次颠覆。

　　中国的儒家文化讲求含蓄内敛,"以德服人"和"仁者无敌"(这正是软实力的实质), 对内团结统一以抵御外侮,对外视扩张为文化自杀(因为战争带给人类灾难,极大地动摇人们的信仰)。清代以前的中国文化与其他民族文化基本上相安无事,这使得中华文化始终是世界文化的重要一支。加上中国文化具有的学习型特质,自受到近现代西方带来的文化冲击始,一直探索地学习西方文化,发展民族经济,从而暂时避开了西方文化的锋芒。但是,随着中国的和平崛起,世界利益格局的变化,当西方国家要缓和内部矛盾时,中国文化与西方文化的冲突将不可避免。软实力是实现和平崛起的重要保障,而文化是软实力的核心,美国星云型文化的兴衰对我国文化战略具有重要的借鉴意义。凭借中国文化的潜质,中国完全有可能站在美国的肩膀上实现文化模式的二次"飞跃"。

【背景资料】

先进文化的特性

如何坚持和建设先进文化?坚持和建设什么样的先进文化?是当前迫切需要解决的重大理论实践问题。深刻理解先进文化的科学内涵,正确把握先进文化的本质特征,是坚持和推动先进文化建设的基本前提和核心内容。

一、批判性

吸取精华,剔除糟粕,批判地选择,是一切先进文化繁荣昌盛的必然选择。在文化建设上,采取历史虚无主义的观点是错误的,采取古今中外文化全盘照搬的做法也是不可取的。我国悠久的历史文化传统,既有赋予中华民族无限生机与活力的精华,也有羁绊中华民族前进步伐的糟粕。例如,儒家文化中的"忠"、"孝"观念,包含了忠于祖国、孝敬父母的美好情操,但后世人出于维护封建统治的需要,倡导"愚忠"、"愚孝",无疑成为夹杂在传统文化中的落后思想,需要更多的批判。各种外来文化中,既有代表时代发展方向的先进文化,也有腐蚀人们灵魂的没落文化。在经济全球化和文化全球化的今天,如何批判地吸收是我国文化建设的极其迫切的现实课题和严峻挑战。

二、包容性

海纳百川,兼容并包是一切先进文化延续发展的根本命脉。虽然各种文化都有其相对稳定的结构系统,但这一系统并非先验永恒的,它本身是一个既不断建构又不断解构的过程。不同的文化模式产生于不同的自然环境和社会环境,以历史唯物主义的观点来看,一切文化都是在特定生产力和生产关系构筑而成的特定社会环境和社会心理结构中孕育而生的。强行改变它是不可能的,永远维护它也是办不到的。它的命运取决于能否不断地丰富和发展,而它的发展既取决于其内部土壤的变化,也取决于外来文化的影响和渗透。任何一种繁荣昌盛的文化,必有包容性的功能。

三、创造性

发展创新是一切先进文化的生命之源。一部人类发展的历史就是不断从创新中吸取力量、开拓进取的历史。只有不断地创新,才能及时和有效地赋予文化以新的内容和新的时代精神,使其不断地焕发出新的光彩与活力。对于蕴涵和作用于智慧、道德、思想与精神的文化来说,任何形式的守旧和停滞都意味着对社会进步的扼制和对民族精神的消解。

四、多样性

先进文化是多种多样的。多样性是人类文明的共同遗产, 就像生物多样性对维持生物圈平衡那样必不可少,文化的多样性对于维护人类文化生物圈也是必不可少的。由于人类群体的生存环境不同,语言不同,传统和习惯不同,文化也就各不相同。只有不同文化的互相启发、互相促进,才能构成丰富多彩的文化生态,人类才有发展前途。中国古话说:"和实生物,同则不继"。就是说,不同才可以互相补充,互相启发,互相发展,甚至互相冲突,冲突以后而互相发展。只要有人类就要有人类文化,只要有不同的民族就有不同的民族文化。在当今的星球上,除了中华文化以外,还并存着东亚文化、欧洲文化、阿拉伯文化、北美文化、非洲文化等多种文化,其中每一种文化所影响的人口都在10亿以上，这些文化的相互渗透,使地球变成了名副其实的多样文化星球。

五、科学性

任何先进文化都是科学的文化,都有其严格的科学精神、科学内涵、科学方法,都能经过了历史的沉淀和实践的检验。封建迷信、愚昧落后、坑蒙拐骗都是非科学的、落后的文化,与先进文化的科学性是水火不相容的。也有人认为,先进文化的科学性就是高科技,这是机械的、片面的认识。诚然,高科技的发展对先进文化的发展有一定的推动和促进作用,甚至有时成为文化的一种载体,但两者是不能划等号的。因为高科技只是一种硬件,而文化是一种意识形态,先进的文化能促进高科技的发展。文化作为观念形态和精神灵魂的东西在特定情况下是可以相对超越经济、政治而发展前进的。应把弘扬科学理性精神与倡导人文精神统一起来。科学的文化能高屋建瓴地站在时代的前沿阵地,指导和统帅人类历史的前进。科学的文化必须接受实践的检验,也经得起实践的检验。所以说先进文化一定具有科学性和实践性的特征。

六、时代性与前瞻性

与时俱进是先进文化的根本活力之所在。先进文化不应当受固有的文化糟粕和外来消极因素的影响,它在发展的过程中不断地修正自己，不断地更新和完善自身，以宏大的气魄，把人们引向光辉灿烂的未来。先进文化是现代文化，不是古代文化和外来文化的简单重复，而是现代人集古今中外之大成并面向未来的创造。任何先进文化都是与时俱进的文化，都注入时代的精神、时代的活力、时代的内容，都有其鲜明的时代特征。先进文化是一种面向世界、面向未来、面向现代的文化。要面向世界，就要开放；要面向未来，就要有相对的前瞻性、导向性和方向性。因而先进文化必须具有鲜明时代性和前瞻性的特征。

七、开放性

开放性是判断文化先进与否的重要标志。纵观古今中外文化发展史，凡是生命力旺盛的文化，都是开放性的文化；凡是生命力萎缩的文化，都是封闭性的文化。文化开放性与文化包容性的重要区别是，开放性是主动的，包容性是被动的；只有开放的文化，才是包容的文化。只有用开放的眼光，才能站在世界文化的最前沿，才能吸收人类文化发展的一切成果，才能从根本上确保自身文化的先进性、主导性和安全性。开放的文化，是自身文化在世界文化范围内取得比较优势的重要手段。随着经济全球化的到来，一个国家的文化是否在世界范围内具有优势，直接关系到民族的凝聚力和感召力。因此，我们要像搞好经济领域的对外开放一样，搞好文化领域的对外开放。

八、民族性

民族的文化就是国际的文化。文化的民族性就是一个民族的文化的个性。随着民族的产生和发展,文化具有民族性。不同民族的文化,无论在其内容上还是在其形式上,都反映着不同民族的个性。中华民族的文化,在文化类型上可称为大陆民族的文化,她区别于以希腊、罗马、斯堪的纳维亚、英吉利、日本等地为代表的海洋民族的文化。虽然从秦汉到隋唐,中原文化曾与中亚、西亚的草原文化以及南亚次大陆的佛教文化进行过颇有深度的交流,但中国文化始终保持自身的民族风格和体系。

来源:福卡经济预测研究所编辑

美国文化在衰落吗?

美国的文化来源于全世界,它不是最好的文化,但却是最实用的文化。虽然中国号称文明历史上下 5000 年,而美国的只有 200 年的历史。从时间的长河来看,美国是小兄弟,然而看看历史中强大的古罗马、古埃及、中国、印度……强大的欧洲,文明的辉煌过后,却是不断走向的衰落。历史似乎成了沉重的包袱。强势"美国文化"对传统形成了强势冲击。

强势文化和"传统"的对抗

人类的文化传承,一方面是积累科学和改造自然的技术进步,让人类自小学习现成的知识,另一方面人类却在道德上自我约束。道德观的形成,需要一定的土壤,在特定环境下的道德观是不尽相同的。当文化和文化碰撞,往往以血腥的暴力收场,任何试图说服对方接受道德观和信仰的努力,必然遭受同样强大传统的抵抗。所以,一个社会的形成,有其特定的原因。背弃这个社会约定俗成的规则,只有成为另类,无论信仰、宗教,无不服务于这个目的。独立思维在强势文化面前是不堪一击的。强势文化可以吞噬和改变弱势文化。也许从中华民族文化强大的"同化能力"就印证了这一点。中国,封建文化的极大扩张和膨胀,当这种强势文化走入自大的末路,并且不可自拔地膨胀时,它的强大照样可以吞噬包括科学真理。

19 世纪至今,在外来文化的强大压力下,中国一直进行着两种价值观和文明观的交锋,演绎着中国的近代史上思维碰撞后的悲剧,"传统文化"和知识文明的潮流不断地碰撞着。最近美国知识界一些专家在考察中国后认为:中国如要想真正强大和走向世界,至少在科学研究方面,抛弃传统的儒家思想和处世哲学非常必要。

反观美国这样一个年轻的国家,他的文化得益于现成的思想、人才和科学。当初踏上北美大陆这荒蛮但孕育无限生机的土地后,各种曾经羁绊人类道德限制的思想,从中挣扎开,奔向了自由。激情孕育了新人类文明的摇篮,由无穷想象力激发的巨大创造力,从此一发不可收拾,在这块大陆上创造出了人类迄今最辉煌的美国时代。美国文化,就这块特定的土地而言,它只有200年,但它来自世界所有国度,"人种大杂烩"的美国,也同时成为"文化大杂烩"。也许他来自世界某地背离不经的宗教裁判所,也许他是来自一个暴君王国的某个"罪犯"。但到了美利坚这块阳光灿烂下自由呼吸的土地上,却可以自由地"在勇者的家园上飞扬"。如此,无妨把美国看成人类的一个成功的试验场。

从这块土地上,短短时间内迸发出的激情与动力让全世界为之惊叹,并为之震撼,真理的追求者以单薄的血肉在各个角落对抗扼杀人性的顽固势力,使这一块曾被视为人类异端放逐者的家园,迅速地孕育起美国文化,集自由、民主、法制、创新于一体。

当然,美国的文化不能简单地看成是一个特定群体的文化,而是它集成了世界各人种的文明,并接受世界和自己不断的审视。如果一定要说它是一种价值观,它是一种文化,那么可以这么认为:它是接受自由相互约束而高度进步的文化,它具有不断创新的能力,它吸收了几乎整个人类世界的文明,顺应了人类的发展方向,具备了先进生产力和文化创造力。

如今的中国,在最新的"宪法"中,写入了"代表先进文化、代表先进生产力",作为最根本的执政基础。这就清楚表明,先进文化不一定代表一个政党,代表某种思维,而是代表了人类文明进程的必然。一个变革社会,正在积极地融入拥抱先进文化的潮流。

"美国制造"充斥全球

电影可以说是当代综合性最强的艺术,也是影响最大的文化产业之一。世界电影业的"首都"美国好莱坞目前处于世界电影产业的支配地位,是美国文化的最好体现。好莱坞电影占目前世界电影市场份额的92.3%。甚至有资深电影人悲观地说,今天的世界上已没有人能制作所谓的"民族影片",除了美国,因为美国文化已成为全世界的文化。除电影之外,我们还能看到更多的"美国制造":福克斯新闻网(FOX)、美国有线新闻网(CNN)的电视新闻,MTV的流行音乐,《时代》杂志封面人物,ES-PN的体育直播,等等。这些繁杂的美国文化商品超越了时空的限制,到达五大洲的每个角落。有统计显示,美国文化产业的产值已占美国GDP总量的18%至25%;400家最富有的美国公司中,有72家是文化公司;美国音像业的出口额已超过航天工业的出口额,是美国创造利润最多的行业之一。

美国获得了全球"强势文化",而他在"文化"上的地位反过来又成为美国向全世界施加影响的得力工具。美国文化产业利用其自身优势,以引导的方式来驱使世界其他各国的民族对自身文化的认同。

这种引导一方面是通过跨国公司的全球运作来实现的。目前,美国的文化产业是全球化程度最高的产业之一。在文化产品的制造方面,由于美国本土的制作成本日益升高,因此很多文化产业在实行本土创作的同时,将录像制品拷贝等工业迁至成本较低的国家。这使得美国文化产品的输出,在得到最大数量的消费大众的同时,能够更大程度地被输出国接受。

美国还将别的国家和民族的文化资源拿来,对其进行吸收并提高,使之"美国化"后再重新推广到世界各地。美国迪斯尼公司制作的动画片《花木兰》就是一个鲜明的例子。这部影片在新加坡首映后,在全球循环放映,总收入达 3 亿美元,成为迪斯尼公司生产的利润最高的影片之一。中国传奇故事被跨国公司西方化和全球化的过程,也是美国文化为推行其文明的价值观和需要而改造其他文化,并创造巨额利润的过程。

美国的政策来源于美国文化,美国政府对美国文化的扩张鼎力支持。因此,文化扩展是美国对外文化政策的基本原则。美国是最早奉行"新殖民主义"的国家,其文化输出意识比任何国家都要强烈。杜勒斯曾经说过:"如果我们教会苏联的年轻人唱我们的歌曲并随之舞蹈,那么我们迟早将教会他们按照我们所需要他们采取

问鼎21世纪新文化

的方法思考问题。"

有人说："通过影视节目、连环漫画和杂志广告,美国公司对墨西哥底层百姓思想的影响,毫无疑问比墨西哥政府和墨西哥教育制度的影响更为持久。"在经济全球化时代,美国制定的相应的文化战略,认为自己的文化已经代表了全世界最文明的文化,也必然是最先进最民主的文化,所以试图以"美国化"来代替全球化,用美国的文化价值观来"重塑"整个世界。从民族主义角度来说,美国文化的扩张是不幸的,但从广义的角度来说,美国文化在试图改变世界的同时,也做了针对自己的反思,并提高了文化的涵养度和开放度,因此,这种文化具有了延续与拓展的内在生命力。

美国文化的衰落

但9·11之后,美国自此用封闭来迎接挑战,用FBI来代替自由,以战时的温情主义取代自由的个人主义。究竟什么是衰落?也许从政治和文化意义上看,衰落可以从一个国家走向封闭上体现出来。堡垒的坍塌往往源于内部的微小裂纹。2001年10月8日,布什总统签署了"国内安全条令",汤姆·里奇,越战老兵、前国会议员、宾西法西亚州州长,板着一张童子军式的面孔就任国内安全部长。他看上去活脱脱是美国梦破灭的象征:谨慎、平庸、过于现实的信心,没有可见的胜利激励人心,只有阴险的失败搅扰睡眠。

当世贸中心旁的斯图文桑高中在关闭 28 天后恢复上课时,一项关于暂停签发外国学生签证的议案正在国会讨论着。这个议案体现了议员们由恐慌而导致的昏头昏脑——恐怖分子已经进入了美国,而且如果他们还想进来,他们完全不必依赖学生签证,他们可以变成商人、难民和探亲游客。这项徒劳的举措是美国人希望封闭国门的一个象征,它意味着,一个曾经是全世界最开放的国家,不会再以自己"海纳百川"的熔炉文化为荣。在紧急时刻,声嘶力竭的美国中产阶级体现出它道德的软弱和理智的贫乏。

美国在衰落吗?是的——就它的政治、经济、文化等方面而言,但又不是——就它的武力和民族情绪而言。但是可以肯定,无论美国是否衰落,它目前的一切变化都将造成一个巨大的漩涡,将整个世界卷入其中。一个现代帝国正在经历剧烈的疼痛,它的呐喊、哭泣、愤怒、幻觉、思考或攻击,已经并且还会给世界刻下烙印。

来源:福卡经济预测研究所编辑

第六章
文化战略四大版本

全球化不但劳动力和资本相互交流,同时也是各种文化相互碰撞和交融的过程,互联网技术为其提供了坚实的技术支持, 而跨国公司则成为各国文化最好代言人,到处攻城略地。托克维尔当年的预言正在应验,无论是国家、地区、城市还是企业,昔日君主只靠物质力量进行压制,而今要靠精神力量来征服。当今国际竞争正由物资、经济、军事等"硬实力"竞争转为由文化唱主角的"软实力"竞争,文化战争已经硝烟弥漫。

国　家　版

当"三新方式"(新生产方式、新交易方式、新生活方式)在地平线上崭露头角,说教式的传统文化已经不合时宜,与之相适应的新文化也就呼之欲出,这正是美国文化独领风骚的秘诀。有学者评论,现在我们都生活在两个国家:自己的国家和美国。其吸引力似乎已经超过当年的船坚炮利,更具杀伤力和隐蔽性。罗伯特·格罗登把美国文化概括为"基督教、资本主义和民主的特别混合物"。新教伦理烙印使 10 个美国人中有 9 个信仰上帝但又决不拘泥于教条,开拓创新的敬业精神成就"合众为一"的"大熔炉"。好莱坞加麦当劳式的文化符号大行其道,美式的消费主义、自由市场正在格式化世界每个角落。《指环王》、《蜘蛛侠》等大片不仅在国外赚得钵溢盆满,同时也是美式价值观的最好宣传员,影视业已成为全美居于前列的创汇产业。即使在国内的影响力也不容小觑,摩尔的《华氏 9.11》也着实让小布什既恼羞成怒又无可奈何。而日本是另一个具有星云特质的国家,日本民族善于学习而又勇于改进,历史上从中国唐朝和美国两任老师中吸收消化了不少优秀东西,而如今日本游戏、动漫等"酷文化"在世界最具吸引力,即使在美国,年轻人中也有不少"哈日族"。

历史进入 21 世纪,变化成为唯一不变的真理。如果思想仍然停留在 20 世纪甚至更久远的时期,那么只能被时代无情地淘汰出局。具有悠久历史的四大古国,其文化具有超稳定结构,墨守成规、因循守旧,不愿意轻易地改变现状。行为学研究结果认为,通常人们由于对于未来不确定的恐惧,觉得维持原状往往是比较安全的。而且大多数在传统文化熏陶之下,思维总是囿于过去经验来判断未来。文化沉淀越深,这种文化的负面作用越大,总习惯于在传统思维环路中打转,捆绑住了对未来的想象力。相反,没有历史束缚的美国却能够成为新文化的桥头堡。星云国家成为未来的引领者,而树根国家将成为跟屁虫。

但是历史的阶段性发展从不会让一个国家或民族专美,国家性格也并不是一成不变。9.11之后的美国正在一步步从原来开放文化滑向封闭文化边缘,整个美国笼罩在"帝王的盛气凌人"和复古保守的自恋情绪中。对恐怖主义的过度恐惧产生的自我中心正在其经济、政治和生活中逐渐蔓延开来,移民政策的几近苛刻,退出《反弹道导弹条约》,拒签《京都全球暖化协议》。美国并没有走向新的国际主义,而是恰恰相反走上了其反面——对旧国家主义的强调,这种文化特征正在逐步消耗美国精神原有的光芒,从前的亲密伙伴欧洲出现的反美情绪即是最好的佐证。可见树根和星云文化导向在特定历史阶段是可能相互转换的。日本是兼具星云和树根型特征的"暧昧文化","好斗而又温和,黩武而又爱美,傲慢而又有礼,驯服而又叛逆,勇敢而又怯懦,保守而又求新"。日本文化处处体现出"菊"与"刀"的矛盾混合,北野武电影中的"暴力美学"风格最具代表性。

中国在经历了25年的经济改革之后出现了前所未有的浮躁心态,城市建设的轰轰烈烈,造就"世界第一××"、"东方曼哈顿"等等,想要赶超欧美发达国家的急切心情溢于言表。"你信仰什么,你就该有怎样的生活",

没有信仰和无所敬畏的中国从"阶级斗争"一下子急转弯到经济活动物,原有的价值观念纷纷打破,而新的价值观念却没能形成,出现了"文化真空"时期。短平快式的致富并不能填补相应精神的缺失,许多富人生活得很没有安全感;有房有车的中产阶级并不快乐;失地农民、下岗工人、无业大学生更是郁闷;自杀、忧郁、精神冲动等成为中国现代的多发病、常见病。浮华的物质生活背后呈现出严重的信念危机。

大国崛起的本质意味着重塑国民性格,经济、军事、政治以外,文化成为21世纪国家实力的新标准。而未来国家文化将具备以下特质:第一,颠覆性。颠覆性是彻底抛弃过去创造未来,是思维摆脱习惯引力的一种逾越和变革。既然"战略就是革命",胜出者历来都是革命者,那么就不能简单地用过去想象未来,用静态推演动态,沉湎于过去而不思进取。第二,兼容性、和谐性、和平性。未来文化必然是开放型的,单一文化在多元化时代已经显得苍白无力,只有具备海纳百川、兼容并蓄的宽容胸襟才能不断辐射渗透和潜移默化,吸引其他国家主动追随,最终达到"合而不同"状态。而文化的亲和力才是未来维持向心力的必要保证。第三,收敛性。工业文明类似宇宙大爆炸,物欲横流、人性欲望无限膨胀最终将达到地球增长的极限,而未来国家文化在反思工业文明的破坏力和发散性之后,将更加注重人与自然的和谐统一,收敛到"天人合一"境界。

虽然中国具有"己所不欲、勿施于人"、"远人不服，则修文德以来之"的传统，并且"和平崛起"的国家战略也显示出中华民族急于重现历史辉煌的企图。但是遍观主流媒体及学界动态，在三个代表中唯对"代表先进文化"鲜有扎实的理论探索，方向既定，路径却不清晰。13亿人口处于农业文明、工业文明、新兴文明多重转换的历史当口，可以预见未来决非一帆风顺，树根与星云文化倾向相互碰撞，国内各阶层文化相互冲突，国际强势文化围追堵截在所难免。当年马丁·路德、加尔文的宗教改革使人们摆脱中世纪的愚昧，资本主义得以生根发芽；明治维新其实也是日本历史上一次成功的"文化革命"，使其顺利走上工业化发达之路。可见问鼎21世纪的中国仍然需要一场建立在"三新方式"基础之上的"新文化革命"的洗礼，而在此之前显然还将长期处于"摸"与"磨"的过渡阶段。

地 区 版

不少城市和地区热衷于"文化搭台，经济唱戏"，举办各色各样的文化艺术节。表面看这种做法可以为招商引资、经贸洽谈搭桥铺路，实际上此"文化"并不是真正意义的文化，只是披着文化外衣作为地方敛财工具的

"软广告"。之所以说它是"软广告",一方面,"文化搭台,经济唱戏"一般只是借用当地过去历史上的旧文化来为敛财做商业秀,发展的并不是新文化;另一方面,这种"软广告"不是从经济逻辑推导出来的文化,与当地经济基础不衔接,与地区未来经济社会发展也不挂钩。尽管其中并不乏像西安"赚钱靠秦始皇"以历史文化赚钱的个案,但是展望21世纪的新文化,应是经济内在逻辑下推导出来的文化。

从外表上看,传统研究思路下的各地文化各具特色,似乎充满了个性化和差异度:长三角文化商业气息浓郁,兼有士大夫的小资情调和新教所宣扬的勤俭美德,其中具代表性的海派文化则表现出其开放性、兼容性与国际性;珠三角文化则表现为功利商业化的典型;而以京津唐为主的环渤海地区文化政治气息浓厚,自有皇城根儿的文化优越感。这种区域文化研究角度虽然有一定的合理性,但这些针对区域文化研究的结论从骨子里仍是从近代甚至是古代史出发,是从已有的文化沉淀着手的树根型研究,已经彰显不出新时代的气息,更谈不上引领未来社会经济发展的功效。

随着经济发展和地区交流的频繁,文化之间的碰撞与互动已越来越多:第一,从横向上看,表现为各地文化之间的相互碰撞与影响。一方面,上世纪后期,香港的娱乐电影和流行音乐,台湾的本土文学、言情与武打小说,澳门的博彩文化影响了大陆人的精神世界,不啻是释放压力和充实文化生活的一剂良药,很快迎合了当时内陆因经济崛起、物质生活水平提高所带来的精神多元化需求,即使是现在国内屏幕上的"戏说⋯"型电视剧,还是可以看见当年港台剧的端倪。而纵观这些地区的代表性文化,发展轨迹都是与其地区经济发展逻辑相匹配:香港作为商业氛围浓郁的贸易港岛,文化侧重"经济生活的感官反映",快节奏的经济生活滋生了快餐式娱乐电影与流行音乐;以琼瑶和金庸为代表的言情与武打小说带来的轻松气息能够调剂经济快速发展所带来的紧张压力,上世纪末成为台湾文化主导;澳门近年来利用与珠三角的广泛合作背景,以博彩结合旅游的方式,从原始"无他途以为生计"的弹丸之地发展成国际著名赌城之一。另一方面,大陆的主流或非主流文化也在影响港台澳媒体、文化圈,央视大戏《大宅门》、《雍正王朝》在台湾热播。但是,文化发掘的着眼点仍是皇袍马褂、才子佳人,难道说25年来改革开放的经济逻辑只能推导出圣君清官?大陆文化表面看似厚重,实则有落伍之虞。

　　第二、由于经济全球化、地区经济一体化,地区间文化交流的机会更多,碰撞磨合更频繁,尤其是科学技术特别是电子网络的推广与应用,突破了人们交流的时间、空间限制,提供了不同地区个性化文化主体自由交流与碰撞的技术基础。无论地区间文化的横向碰撞还是经济阶段性发展引起的文化碰撞融合趋势，都与 21 世纪以碰撞、兼容为特征的星云型文化发展方向不谋而合。

既然地区间文化有碰撞，则必然会有文化在碰撞中胜出。文化的本身并无优劣之分，但存在先进与落后的区别，地区文化的先进性并非体现在历史文化沉淀有多深，而在于是否是经济内在逻辑下衍生出来的文化，能否与未来的经济模式相匹配。如果一个地区的文化能够与当地经济基础相衔接，能代表未来的经济社会发展方向，这样的文化对该地区来说就是先进文化。然后不同地区文化在碰撞之中演化，最先脱颖而出代表整个国家民族未来的文化便是胜出者。因此，以上海为中心的长三角文化很可能成为 21 世纪新文化的胜出者，主要因为有以下三个方面的优势：一、相对其他地区文化，长三角的文化亲和力最强，以上海的海派文化为例，开埠以来兼容西洋文化，周边移民带来多元化融合，并且越来越具有开放性、包容性，说明以上海为中心的长三角文化具有广博的亲和力；二、实用性强，但相对珠三角而言功利色彩较淡，长三角地区的文化与欧洲的新教所宣扬的精神相似，崇尚勤俭与实用，切合新经济文明发展的趋势，也与未来物质发展到一定阶段后对更高的人文环境需求相一致。从捕食野味成风及先富人群中赌风较盛（据说也是台资撤向长三角的原因之一）来看，珠三角离天人合一的境界更遥远;三、从经济发展的角度来看,该区域的经济当量大,大量外来企业、外来人口、外来资本汇聚,未来必将是不同文化碰撞的主战场。

可以预见,21世纪的文化新版本一方面注重与当地的地缘、人文、经济、产业等基础相衔接,既利用基础又不拘泥基础,例如日本的动漫文化既注重挖掘民族特色,又加入满足新一代的流行元素,甚至连美国人都甘拜下风。这种文化版本兼顾社会发展、经济发展模式,更注重为将来的经济社会服务——塑造城市新内涵,成为经营城市、地区发展竞争的软实力。总之,假如老是企图从历史挖掘文化模式,都从老祖宗那里讨饭吃,类似对"诸葛亮究竟出生在哪里"之类的问题争个你死我活,结果只能是地区经济发展空间饱和、消费者视觉心理疲劳,最后大家都黔驴技穷。另外,文化随经济逻辑升级的版本也会有所不同:发展地区侧重为经济趋势做预埋,发达地区则是顺应经济发展方向,后工业文化更多的是基于"想象力"的文化,并成为经济发展的新支柱产业。

城 市 版

当今中国如火如荼的城市建设令全世界瞩目,但同时中国的城市也越来越像流水线生产出来的标准产品,千城一面的悲剧正在这个文化大国上演,种种误区突现:一、"现代化"=高楼大厦,越来越多的城市开始建造超高层的建筑,"商务中心"遍布全国;二、"全球化"=欧洲模式,白瓷砖从深圳一路铺到东北,欧陆风情、罗马柱、铁艺,欧洲中世纪的东西在信息时代的中国流行成风;三、"城市记忆"=复古+小资,有关城市记忆的话题,伴随着"老照片"和小资型的无病呻吟,试图将今日的突变印证于往日的繁华再现;四、城市文化载体=标志性建筑,单个建筑个性张扬,可惜整个城市没有形象;五、城市建设=政治功绩,一代领导一组规划,"拉链马路"、古树到草坪再到水泥广场,旧城改造不顾历史文化风貌;六、"国际化"=外国设计+中国"民工"建筑师,国外的建筑师们在大城市建立"据点",惊叹并参与着中国城市的异变。而中国建筑师们面对中国历史最具挑战性的超建设时代,却将精神放逐,为改善自身生活状态而沦为"技术工作者";七、时髦城市=大型城市,小城变中城,中城变大城,大城变特大,特大国际化,求大好像一场比赛。种种误区显示的现实是新世纪中国城市文化战略的缺失。尤其在文化自身也大大改变了的今天,中国城市集体陷入"现代症候"的文化失语中。对城市形象和经济繁荣的表象渴求,使中国城市急于建高楼、修立交桥、追求"超豪华"的公共建筑来展示城市现代化进程。只重经济利益的超负荷开发、各自为政的重复建设、草率的旧城土地置换等等,已带来严重的社会问题。

可以肯定的一点是,不论复古还是模仿,都不可能解决中国城市个性的模糊化。现有主流规划理论徒有现代主义的"皮",缺乏人文精神和理性的"心"。加之其他由外来学者、批评家和教科书带来的杂牌"主义",湮灭了中国人自己对城市文化的良好理解。我们可以遍地铺满抄袭来的"现代",却无法改变潜在的社会张力和思维方式。曾属于中国自己的在旧城改造中灰飞烟灭,"拿来的"又难以深入人心。"邯郸学步"的结果使中国城市不再生机勃勃,此城与彼城相差无几。

无论是模仿还是复古怀旧,其文化心理因素都停留在工业社会标准化、统一化的心理层面。千城一面不是商业开发问题而是城市文化转型期发生的文化滞后现象,是城市发展中阶段性现象,符合发展的一般规律。20世纪70年代,从亚洲四小龙到后来居上的印尼、马来西亚和泰国,都凭持续高速的经济增长进入城市化进程。但经济繁荣是突然降临的,丧失了城市文化同步发展的指引,超高层建筑为最直观的表征的超城市化问题凸现。迅猛而无节制的城市化,导致基础设施的超饱和状态,城市陷入到文化沙漠之中。严格地说,从上世纪90年代开始,中国城市重复了这种错误,几乎所有城市在短短几年间变成了趋同而又陌生的"现代化"城市。

实际上,21世纪的城市文化已在逐渐摆脱工业文明和市场机制这两个传统轨道的束缚。工业化时代,城市因焕发出文化的创造力而战胜了乡村文明;如今的新经济时代,城市则更趋向于通过保护这种创造力并不断赋予其新的内涵来克服工业文明中的趋同和市场机制的规模化倾向。随着后现代思潮的兴起,关注城市的人文环境和居住需求取代了对物质奢华的热衷,"宜人"成为城市文化新内涵。对景观和街区的重视超过对单体建筑的关注,城市不再被看作建筑群体的组合,而更多的是从城市文化中解读建筑。有着更深广文化涵容量的城市,代表着社会、文化激变中更为鲜活的信息。城市铸造社会空间模式,文化应是其最高表现。城市文化事实上引领建设行为。

西方发达国家的城市化是与工业化一起兴起的,并做到了与时俱进。知识、信息时代的来临,创意阶级成为社会精英,引导整个社会顺利完成从工业化时代的物欲追求向文化精神追求的转变。对文化创造力的珍视从他们新世纪的文化战略中可窥一斑。2003 年 2 月发布的《伦敦:文化资本,市长文化战略草案》中称:"维护和增强伦敦作为'世界卓越的创意和文化中心'的声誉。"纽约则侧重"保持和促进文化的可持续发展,提高对经济活力的贡献度,让全体市民分享成果"。新加坡在《文艺复兴城市》中说:"要成为一个充满动感与魅力的世界级艺术城市。"香港则强调:"一本多元,创新求变。"这些传统但仍活力不减的魅力城市,骨子里的东西是一致的,即在经营城市的宗旨上以人为本,具有独特个性的城市文化理念,通过充满创新活力的制度设计,在对传统与现代的系统整合中形成了城市传神的魅力。

过快城市化带来的浮躁和激进并不是真正的"现代化",由内而外的文化个性创造魅力城市。新文化的发展趋势是向前看、无固定模式的未来型,这决定了两种力量将在城市建设中受到更多的关注:一是高质量的公众参与,对中国来说,如何使城市文化评论更加深入和频繁地介入媒体,使之成为公众话题:既是政府职能转型的考验,也是真正以文化立市的基础,而城市建设与政绩分离可以成为第一步。二是兼容与创新交织的城市态度。海纳百川的宽容和开放性文化氛围将吸引同质的优秀人群。当创意阶层成为主流,城市将因此充满活力。国际化不是模仿而是对态度的学习。随城市态度在公众行为中的体现,彰显个性的突破与创新,甚至"无中生有"的首创思想将越来越自然地在城市建设中实现真正的"现代化"。

经营城市不是随波逐流, 清晰的战略要有时间刻度。虽然难以摆脱一代人的局限,但以未来的思想规划城市建设要比单纯地模仿和简单地挖掘历史能给后人提供更大的可持续发展空间。制订城市发展"时间表"的不再是官员而是创造城市文化的群众,他们会减少城市建设的犯错成本, 更加理性地选择和创造城市的文化。

"城市,使生活更美好"体现出的"以人为本"思想,与21世纪新文化决定的城市战略不谋而合:宽容吸纳之后的多元化、碰撞出新之后的个性化和经由时间考验的返朴归真将是本质特征。因此,时间刻度不再以政府交替为界,而将取决于群众品位提升的快慢。中国城市不可能长期保持现有状态,随城市文化建设深入,群众参与度提高,千城一面将成为历史。

企 业 版

企业文化的定义说法众多,莫衷一是,实际上已经没有定义可言。当前论述企业文化的文章以实战派最多,也即不计较抽象含义,而是把企业文化具体为价值观的认同,而价值观又设定为一种种的口号、理念、培训等等。但是综合下来,企业文化作为大文化下面的亚文化,依然沿袭了中国传统文化中的树根型特征。一种表现是千百年来宫廷文化、厚黑学的集大成。曾有一位人事经理在报上沾沾自喜地刊登文章,吹嘘自己是如何活学活用电视剧《雍正王朝》,借用宫廷智慧"降服"企业所需人才。另一种表现是西方管理学的照搬照抄,让员工参加各种据说能挖掘潜能的拓展训练、反复识读带有价值取向的口号等等,更有甚者诸如"喝厕所里的水"等稀奇古怪的外国个案也照搬无误。从本质上,企业文化没有创新就是树根类型,不论是学古人还是学洋人。

正因为企业文化"是什么"讲不清,"到底如何建立企业文化"也是千奇百怪,中国的企业文化变异成了信则有、不信则无的玄学。企业家把自己倡导的人生观、价值观演绎成一套套的概念符号,然后设计出一套套仪式让员工顶礼膜拜,员工在正式层面表现得积极主动,在非正式层面则我行我素,于是企业文化成了"皇帝的新衣",大家只追求表面现象。媒体在研究企业的时候总不忘捎带企业文化,声称一个企业成功就是倡导的文化好,失败就是企业文化差。从这个角度,树根型的企业文化再次显露其荒谬的一面,自一个企业成立之日起就依附在大文化之上,由人组成的企业天生就有文化,而企业文化一定是该企业沿着正确的商业规律营运成功后,再由别人或自己总结出若干支撑成功的文化特性,然后冠以企业文化之名。因此企业文化天然是成功者的原创,学习别人只能是形似而不可能神似,这是当前中国企业文化领域最大的认识误区。

随着整个社会文化正由树根型向星云型转化,企业文化也正面临一场前所未有的变革。星云型的企业文化不会是今天大家所看到的稀奇古怪的培训、种类繁多的解读,而是具备自身的变异特征。首先,今天的文章讲企业文化对企业之重要性多半是有口无心,当人财物、产供销等要素发生问题时,"企业文化"要素往往就会让位

问鼎21世纪新文化

让步。比如裁员，人都解聘了，这时还有谁会讲"企业文化"。企业文化对利润成本的作用并未很好地体现，恰恰是经常受制于后者。但是展望 21 世纪企业文化的发展趋势，与企业其他各种资源要素相比权重会越来越大，至少和其他生产要素平起平坐。许多企业生产经营中的细节都被赋予文化代码，而这种代码被媒体、专家、消费者解读后可以不同程度地促进或促退企业发展。这个趋势在 21 世纪之初已露端倪。比如 SA 8000，按市场经济的基本法则，采购商只需不断追求成本极小化即可，没有必要为供应商所雇员工的居住、伙食、工作待遇操心。但是之所以 SA 8000 之类的认证会在全球范围内冒头，并且对一个国家出口的影响越来越大，实际上是表达对一个企业文化是否认可。最后企业文化将对企业正常营运的各要素产生全覆盖。

其次，企业文化不再需要缓慢地沉淀形成。由于员工生活在网络状社会，企业与外部环境的交互速度加快，一个企业形成之初就可能有许多现成的文化模块，模块之间不断碰撞后很快能使一个企业的文化基本定型。这种企业文化不再需要自我调整以适应母文化来显示灵活多变，相反，企业文化已经没有多少血统可从母文化历史传统中继承。今天企业文化中的"回头看"成分太多，总想从前人的智慧中汲取某种"道"来化解企业发展中的问题。21 世纪的文化企业版更仰赖于不停碰撞试错。如果说 20 世纪的管理是完成扁平化,那么 21 世纪是扁平化以后具有学习精神的员工不再迷信企业权威、彼此之间建设性地挑战已有的思维定式和传统;不再是自上而下的标语口号灌输;也不再显得神神叨叨难以捉摸。完全是一种发散型的互动。

21 世纪企业文化之所以会普遍发生这样的变化,是因为企业在市场中的表现是其创新能力的集中体现(包括技术创新、组织创新、营运模式创新等),这种创新需求的度与量已经不可能靠总裁向技术人员下指令来完成,也不可能全靠向外部购买专利技术、延聘人才来完成,必须是企业全体人员之间存在高度的创新文化。假如以长虹为原型,以倪润峰式的强人管理作为参照,可以发现这类企业是不可能孕育出创新文化的,它要求的是服从和执行文化,员工只要充分理解上级指示,坚决加以落实贯彻即可。所以企业文化向星云型转变的关隘在于企业领导自身能否顺利完成英雄情节的让渡。如果一个企业内部始终在上演帝王将相的故事或欧洲式的宗教故事,那么这个企业的未来营运很难达到一个全新的高度,很可能毁在文化落后于其他企业之上。

预测 21 世纪新型企业文化的形成将不是少数企业家独自坐在书房里看书思古的产物,而是每一个企业的文化战略形成都需全员参与,从企业个性化战略目标出发,一开始并不预设非要形成哪一种具体的企业文化

(今天的企业多半喜欢预设文化类型),然后在企业具体经营活动中,各种文化模块的碰撞、化合、试错会贯穿企业各项运作的始终,从而呈现如下几个特征:一、不定型。大家看到的只是适合某个项目的一个文化瞬间或侧面,一项新业务马上会酝酿出一种新文化与之相配。二、文化融合嬗变是企业的一种常态。企业中会出现"文化官"岗位,以专门负责这项企业中最大的软要素。三、企业文化的核心动力不再是书本或标语口号,而是"无中生有"的思维方法和习惯。四、企业文化功能不再是总结企业历史以让员工继承,相反是鼓励员工建设性地对立、创造性地破坏。

【背景资料】

文化竞争力

增强文化竞争力,是提高中华文化国际影响力的前提和基础。文化作为"软实力",是综合国力的重要组成部分。只有具有竞争力的文化,才能有效占领国际文化市场,赢得国际消费者的青睐,最终发挥其国际影响力。提高中华文化的国际影响力,必须实施"走出去"战略。文化的影响,是通过多种形式的文化沟通和文化交流实现的。"走出去"战略,既是经济发展战略,也是文化发展战略。

文化竞争力是一个多层次的统一体,主要包括四个方面的内涵:一是文化产品竞争力。文化离不开某种形式的载体,不论是何种形式的文化,都要通过一定的产品或服务(可统称为产品)来表现。文化产品竞争力,是指文化产品引起消费者注意、唤起消费者共鸣、促使消费者购买的能力。二是文化企业竞争力。文化产品是由文化企业(事业单位也可视为文化产品的生产者)研发生产出来的,企业要可持续地生产出有竞争力的产品,就必须具有可持续的核心竞争力。文化企业的竞争力,是指文化企业的原创能力、整合资源的能力和抓住消费者的营销能力等。三是文化品牌竞争力。文化产品和文化企业都有品牌。品牌作为无形资产和重要的战略资源,在文化竞争中举足轻重。文化品牌竞争力,是指通过品牌的影响力和号召力,有效提升该品牌文化产品和文化企业竞争的能力。四是文化形象竞争力。文化整体形象的好坏,不仅影响到文化产品竞争力、文化企业竞争力和文化品牌竞争力,而且还将影响到普通产品的竞争力。文化形象竞争力,是指文化整体的吸引力、凝聚力和感召力。这四个方面相互联系,相互促进。

提高文化竞争力,依赖于文化创新能力,需要正确的文化发展战略加以培育。可持续的文化创新能力,是文化竞争力的不竭源泉。在社会主义市场经济条件下,文化发展战略的本质，就在于可持续地提高文化竞争力。提高文化竞争力的文化发展战略，通常是指国家层面上的文化发展战略。为了鼓励、支持和引导文化创新，文化发展战略应具有以下几个特征：第一，为文化的可持续创新提供广阔的空间和可能；第二，为文化的可持续创新提供良好的制度环境和保障；第三，为文化的可持续创新提供宽松的社会舆论环境和氛围；第四，为文化的可持续创新提供必要的资源和条件；第五，为文化的可持续创新提供足够的激励和动力。可以说，提高文化竞争力的文化发展战略，就是以提升文化整体形象的竞争力为根本目的，以提升产品的竞争力为直接目的，以提升企业和品牌竞争力为媒介和手段的战略。

文化竞争力还蕴藏于消费者的需求之中。在一定意义上，文化竞争力就是发现消费者的现实需求和潜在需求，并寻求其喜爱的方式满足这种需求的能力，是用文化的民族特色为包括文化产品在内的各种产品赋予文化意义和文化价值的能力。离开对消费者心理及其需求的理解和把握，离开独特的文化意义和价值，增强文化竞争力就是一句空话。

我国是一个文化资源丰富的大国。在经济全球化背景下，中华文化要走向世界，提高国际影响力，就须以体制机制创新为重点，深化文化体制改革，解放和发展文化生产力，不断增强我国文化的总体实力，使我国由文化资源大国变为文化产业大国。

来源:《人民日报》2005 年 2 月 17 日作者:贾旭东
中央社会主义学院副教授

地方经济退回幕后,地方文化渐趋前台

伴随中国经济发展取得长足进步,物质需求得到了
前所未有的满足。相反,对文化、精神等的需求却因"供
给"不足而反衬出某种"井喷"态势,并且在获取满足过
程中越发呈现多元化、世俗化特征,由此常引发新型文
化形态与占据主流地位的传统文化价值观之间的摩擦
与不协调。一方面,主流文化导向一直企图维护某种"思
想保证和舆论支持";而另一方面,民众的取向却不完全
以此为指针, 不断追求观感刺激的快餐式文化消费方
式,如充斥于各电视频道的"皇"色历史剧、"侠"色江湖
剧、"美"色娱乐节目等几乎占去大众闲暇时间的绝大部
分, 而主流舆论引导部分却被借频道遥控器一晃而弃;
另外,迷恋麻将、游戏、各类"吧"文化的更是比比皆是。

主流文化并不甘心就此被"世俗"所边缘,两者出现
"磕碰"局面在所难免。近期,一些发达地区出现了基于
预期消费而超过现有条件向银行贷款购房、买车的高消
费群体,被称为"债百万",主流舆论把"债百万"现象与
"过度追求物质享受使得拜金主义思想日益严重, 公众

的价值观、人生观极度扭曲"相联系,并认为其将可能生成新的社会不稳定因素;另外,选美活动及其与之相关的一系列经济活动也备受主流舆论指责,认为"美女经济"不仅无益于美女,也无助于经济,甚至上升到不利于男女平等、其本质是对女性的"软暴力"。由此可见,新型消费观念、审美取向所折射出生活方式、文化观念层面上的变化客观上形成了文化形态的裂变,既表现为世俗文化对传统文化观的拆解与"挑战",反过来也导致后者对前者的激烈批判。但是否就此可认为两者根本上就是一个文化形态和相应文化观念、价值取向的优劣问题,并须在其间给出否定或肯定的清晰答案?显然,问题的关键还在于"债百万"、美女经济究竟代表文化的什么方向。

　　事实上,西方社会也曾经历文化世俗化与理性文化价值观相互摩擦的阶段,只不过西方国家"世俗化"过程长达四百多年,长期磨合已使两者的边界达到某种消融状态,"世俗理性"成为其文化特征的集中描述,"技术"在"操控"大众方面成为主要工具。中国长期处于农业社会,目前正向工业社会、市场化方向演进,在此前提下,衍生出的世俗文化同样蕴涵工业文化精神、商业文化意识、多元文化追求等特点,换言之,文明形态的切换必然导致文化形态、价值观念的相应转变。无论电视文化、"债百万"、美女经济,其实都不过是此种转变的具体表现而已。在此意义上,正显示出某种先进性。另外,客观现实表明,无论主流文化舆论如何批判,世俗文化基本上不受影响,"你唱你调,我走我道",此势如大江东去,不可阻挡。

世俗文化的发展演变,客观上对主流文化代表的"中心与权威"所起的消解作用不容忽视,保持一定的"有序和规范"其必要性不容怀疑。由此可见,两者谁都没错,但若把此问题看作不可调和之矛盾来考虑则无疑过于"敏感",如何通过"技术"处理化解敏感,减少摩擦,增强协调性便成为其中关键。当年,毛泽东曾把美利坚经济高增长归因于"合众国",却因种种原因未将此宝贵经验付诸实践;而邓小平却将之发扬光大,上世纪80年代初,经济体制改革之初,选取财政分配为改革突破口,实行分灶吃饭,向下放权,变"统收统支"为"自收自支",经济体制由此转变,引来各地经济发展万马狂奔。现阶段地方经济因成功发展需突破原有行政边界,从而面临全新整合态势,地方经济行将退回幕后。其实,现今文化问题与当初旧经济体制具有相似特征,意味着若要达到转型目的,同样必须实行"分灶吃饭",如此,则地方文化渐趋前台,先进文化将被从"空中"拉向地面。

"地方文化"将成为主流文化与世俗文化相互磨合的全新平台,两者的摩擦系数完全取决于采用何种"技术"及其引用技巧。较为合理的模式是主流文化、价值观的舆论导向须处于一个相对超然的地位,完全可通过设置最后底线(如不许反党反社会等)的方式确保世俗文化形态演变的大致区间,保证基本"舆论阵地"的安全,在此基础上可放手让地方文化百舸争流,一些地方可通过借鉴国际规范的舆论游戏规则、文化方式(比如赛马、博彩、慈善等),一方面可把人民内心的文化需求释放出来,另一方面让地方文化特色丰富起来。若一旦出现问题,一是有底线在,二是影响范围不过局限于地方内部,破解难度当有限。

海南在制造等工业经济形态发展上或许会输给大陆,但其在"无烟经济"上却无疑先得两分。琼海市的博鳌曾是一个渔村小镇,却因博鳌论坛而闻名于世。据称,博鳌的总体开发费用其实不到30亿,而2001年琼海市招商引资项目就达98个,合同投资额40多亿,"博鳌效应"可见一斑。三亚市因成功举办世界小姐大赛再度名声大噪,三亚政府作为承办方投入近4亿,而围绕此次选美活动的商业链条聚集的资金规模更是难以精确计算,而三亚方面表示"即使不赚钱也值,看重的是赛后效应"。博鳌论坛与三亚世姐赛不仅在经济上有所斩获,更关键之处在于塑造了海南的地方文化特色,又反作用于经济形成良性互动,"旅游线路中未安排博鳌或三亚,会直接影响旅游产品的销售"足可证明其竞争力优势之所在。

归根到底,文化问题本质上也是一个如同计划与市场般的取舍问题,若能认识到这一点,余下的不过是如何寻找变"控制"为竞争的途径,换言之,基于文化领域市场化竞争之上的"控制"无疑能达到更好的效果。地方文化走到台前,将促使文化"要素"的"迸发与涌流",人民将从"被教育的对象"这一角色中解脱出来,成为文化创造的主体,由此先进文化也将落地生根。尽管随着文化的发展演变,地方文化也必将如地方经济般因面临新的整合态势而走向"转型",但那是事物发展的新层次所面对之事,与当下的发展趋势不可混为一谈。

来源:福卡经济预测研究所

"海派"文化能否重续前缘

第76届"奥斯卡"盛典明星荟萃、全球聚焦,《指环王3》实至名归地囊括了11项大奖,续写了电影史的辉煌。"奥斯卡"历经70多年长胜不衰,永葆青春,其中的秘密值得探究。电影的根本在于创意与现实的结合,来源于生活,提炼自生活,伴随社会的发展不断演化,与时俱进地注入不同时期的先进元素,被赋予一种流动性的活力,在年复一年的更替交接中使生命之树保持绿色常青。"奥斯卡"的生命基线仰赖于与时代同步,且成功担当了电影时尚引领者的角色。在这一过程中,拍摄需求让好莱坞从风景小城变为高科技的"梦幻工厂"也就不足为奇了,是电影的活性因子使之具有了无处不在的影响力,并成为经典意义的美国文化符号。

当"奥斯卡"创设之时,也正是上个世纪二三十年代"海派"文化的鼎盛时期,不同的是上海的旧日繁华已经成为追忆对象。文学、艺术、电影、戏剧、音乐、生活方式等均被列入庞大的怀旧范畴。然而仔细分析,这里面存在断层。何为原貌?许多历史场景是从古稀老人回忆中来,记忆中刻录的都是最美好的部分,因此记忆选择的自动筛选功能已经否定了展现当年真实全貌的可能,生于50年代的作家根本就是在别人记忆的重述中加上自我解读。从一鳞半爪的文字片断中寻找整部历史长卷显然勉为其难,当时的"海派"文化成为今人的管中窥豹。

文化是个全景图,其核心在哪里?"海派"到底是百乐门、兰心大剧院的翻新,还是旧上海人的生活?现在的怀旧多停留在复制克隆旧有事物的层面,而将当时的深层人文精神置于次要地位,老克勒或"小开"们的旧有"小资"生活方式能否代表未来更值得怀疑。怀旧风潮中不免泥沙俱下,忽略了支撑社会的人文内涵与精髓,因此盲目推崇的"海派"文化的历史光辉湮没了客观角度的认知。

回顾20世纪30年代的上海,"海派"文化海纳百川、兼容并蓄,虽为中西合璧的产物,实是英国、美国、法国、俄国、日本文化和江南士大夫文化的"大拼盘",属于典型的移民文化。而正是这种星云式文化风起云涌地聚于一地才迅速促成了"十里洋场"的形成,机缘巧合将旧上海拉到前所未有的世界城市高位。客观来说,由于一时之间外来太多,城市本来的文化内存不足以将它们熔而化之,没能在发展中实现重塑,形成统一的城市标志,上海于是变成了中国人眼中的西化城市,西方人眼中的东方之都,又因历史渊源浅薄,自生创造力匮乏,当时的上海充其量只能称为远东文明碎片的整理地。到了1949 年之后,一切纳入计划之下,便与旧有文化进行了彻底割裂,也为现在的缅怀提供了良好素材,但寻根究祖的树根情结难以担当开创未来的重任。

对内,城市文化提供了共享意义的符号,在相同的规范下约定了公众遵守的无形准则,维持社会结构;对外,城市文化即是城市代言,文化辐射力所及即为城市影响所在。城市在世界范围内长远存在和保持永续竞争力,文化显然不能缺位。历数世界级城市,纽约、伦敦、东京、巴黎等都兼具"文化名城"的称谓。由此以文化看城市并不稀奇,巴塞罗那提出"城市即文化,文化即城市"的终极论断也不为过。但"海派"文化要焕发生机,前缘重续不大可能再走"拿来主义"的老路,将有赖于打造活水源头,造就"奥斯卡"式的时尚基因,惟此才能建立长久的良性循环系统,使上海真正闪耀"东方之珠"的应有光辉。

时尚是一个宽泛的概念,通常为经济、社会、文化元素的集合体,反应了一定时期的诸多边缘结点。它的存在有不可或缺的六大要素:自生性,根植于城市无需刻意栽培即生生不息;创新性,有别于历史存在并从中挖掘出崭新内容和表现形式;前沿性,永远站在时代的潮头开辟新天新地;引导性,是所在领域之"翘楚",并为业界追捧,有一呼百应的号召力;聚合性,高端人才和完善的产业链条交相汇合,凝聚成庞大的创造力和生产能力;经济性,真金白银是验证时尚活力的最好说明,是其得以绵延不绝的根本所在。上海现在所要做的即为培育以上要素,而非简单克隆历史与他人。

此间还有四个问题:国际与本土,本土文化是时尚存在的根基,经济全球化裹携着西方文化迅疾地覆盖至各个领域,如何确保在兼容并蓄中既要取其精华又不失掉历史传统。传承与创新,上海有两个传统,一个是上个世纪20、30年代的传统,一个是解放后的传统,两个传统都是文化延伸的基础,创新的区间选择、时段定位和方向应该基于哪里。文化与经济,坚实的经济基础有助于文化发展,良好的文化氛围又促进经济繁荣,两者相辅相成。但时尚必须实现经济属性后才能长久存活,关键在于如何寻找二者的平衡点。固化与活化,打造时尚需要挖掘历史、激活本土文化,使之迸发生命力,重塑传统无疑要面临固化新生,怎样使之"文"化,然后"人"化融入生活。

从时点分析,现在上海已经具备了追求时尚、发展时尚的条件。全球化背景下世界文化相继登陆,是又一次的星云碰撞,上海恰好可以从丰富的文化供给中去粗存精、去伪存真地甄别使用,顺势而为登上潮头。更重要的是市场经济日趋成熟,上海有了重塑自己的机会。计划经济时期,上海是全国政治经济的战略要地,国策未动,上海先行,每一个动作都可能产生很大影响,牵一发而动全身。它的这种功能限制了上海自身上下探索的空间,不能轻举妄动,任意发挥。但是市场经济使原有地缘功能渐行渐远,全国各地都在奋力寻找优势产业,基于上海实验在先、全国学习在后的战略路径已经改变。因此上海完全可以由战略平衡点向时尚引领之地转变。预计新传媒、新艺术、数字产业、版权产业、创意产业等都是未来可进入探索的领域,而城市版"盛大传奇"的成功演绎将会推动"海派"文化至新的高点。

来源:福卡经济预测研究所

世界城市文化发展趋向
——以纽约、伦敦、新加坡、香港为例

英国社会学家弗里德曼(Friedman)1986 年按照"世界城市"(World city) 的标准对全球一些主要城

市进行了划分,他把纽约、芝加哥、洛杉矶、伦敦、巴黎、东京作为第一等级的核心城市,新加坡、里约热内卢和圣保罗作为第一等级外围的主要城市;波士顿、迈阿密、悉尼、约翰内斯堡、米兰、维也纳等作为第二级的核心城市,墨西哥城、布宜诺斯艾利斯、中国台北、汉城、香港等作为第二等级的外围城市。作为世界级城市,他们的竞争力不仅体现在经济上,更体现在社会、文化等领域的综合竞争力上。因此一些城市的地方政府也已将文化作为推动经济发展的原动力和塑造国际形象的主要途径。我们特此选择了四个城市:纽约、伦敦、新加坡、香港,作为我们考察不同发达程度的世界一流城市的代表,揭示其作为世界城市的文化发展的途径和方式。

文化一直被认为主要起到促进人的发展、丰富人的精神生活、推动社会发展和国际交流等作用。但是近年来,文化的经济功能正在逐步被认同、发现和推动。这些都预示着文化经济化将是 21 世纪全球经济中的亮点和焦点,而其中文化的经济功能向城市汇聚是主要的趋势。

纽约是美国除好莱坞外文化最为繁荣和发达的地区,除了有很多世界著名的文化设施,如百老汇、林肯艺术表演中心、美国大都会博物馆、美国自然历史博物馆以外,纽约的文化生产和消费更为受人注目:纽约有 2000 家非营利文化艺术机构;出版发行 4 种日报、

2000 多种周报和月报,拥有几百种国家级杂志出版社,如 Time、Newsweek、Fortune、Forbes 和 Businessweek 等, 美国排名前 10 位的消费类杂志中有 6 家总部设在纽约市,美国 18% 的出版产业从业人员工作居住在纽约市;拥有 80 多种有线新闻服务、4 个国家级电视网总部、至少 25 家有线电视公司,7% 的美国电视收视家庭集中在纽约市;集聚了 35 家以纽约市为基地的广播电台和 100 多家地区性广播电台,听众达 1400 多万;排名前 5 名的音乐录音制作公司中有 3 家总部设在纽约市;全球大多数著名的媒体集团大都在纽约有分公司,其中不少是以纽约为公司总部,如世界排名第一的美国在线时代华纳集团、维亚康姆、国家广播公司、纽约时报集团等。纽约市政府的文化事务部提出的工作目标之一就是“提高文化对于经济活力的贡献度”,而且纽约市政府专门成立了“电影戏剧和广播市长办公室”来推动纽约市电影、电视产业的发展。影视产业对纽约市的经济发展也起了巨大的推动作用,纽约市政府公布的一项统计数据表明,1966 年纽约市电影电视生产的直接开支仅为几百万美元,70 年代中期上升到 5 亿美元/年,80 年代中期则增加到 10 亿美元/年,而在 1998 年至 2000 年的 3 年中保持在每年 25.6 亿美元左右,而且每年 25 亿美元的开支还给纽约当地市场消费带来了乘数效应。现在美国 1/3 的影片出自纽约市,其影视片产量仅次于洛杉矶。2000 年纽约市制作的故事片 201 部、电视节目 547 部,拍摄的天数分别达到 4096 天和 4958 天。影视业的发展为纽约市提供了可观的地方税收, 纽约市影视业的地方税收从 1993 年的 1.43 亿美元增加到 2000 年的 2.45 亿美元,增长了 71.33%。新兴的以高科技为支撑的新媒体产业在纽约发展也尤为迅速,纽约新媒体产业协会的报告显示,1997~1999 年的 3 年间,大纽约地区新媒体产业员工人数一直以 40% 的速度增长,达到 25 万人,其中纽约市内的新媒体从业人员超过 10 万,其年增长率远远高于印刷、广告、影视制作、电视广播等行业的增长,新媒体产业的年收入增长率高达 53%,1999 年达到 170 亿美元。

作为世界城市的伦敦同样也是世界的文化中心之一。伦敦的文化创意产业是伦敦主要的经济支柱之一,所创造的财富仅次于金融服务产业,同时也是第三大就业经济领域,是英国增长最快的产业。据 2003 年 2 月公布的《伦敦市长文化战略草案》披露,伦敦的创意和文化产业估计年产值为 250~290 亿英镑, 从业人员达到 52.5 万。其中伦敦电影工业年产值为 7.36 亿英镑左右;出版业约为 33.53 亿英镑。而且伦敦创意产业人均产值也远远超过全国的水平,2000 年伦敦创意产业人均产值为 2500 英镑左右,几乎是全国创意产业人均产值 1300 英镑的一倍。此外,全世界每年有一亿人前来伦敦参观各类博物馆和画廊,伦敦艺术品拍卖销售额仅次于纽约,位于世界第二。全英 1600 多个表演艺术公司中超过 1/3 的公司位于伦敦,伦敦还拥有全国 70%的录音室、全国 90%的音乐商业活动、全国电影和电视广播产业收入总额的 75%、全国艺术及古董代理商人数的 33%、全国广告从业人员总数的 46%、全国时装设计师人数的 80~85%等。伦敦电影委员会登记的电影拍摄景地有 12000 个,伦敦还拥有 1850 个出版企业和 7000 个学术杂志社。伦敦城的舰队街,曾是英国报业的集中地,有《泰晤士报》、《金融时报》、《每日电讯报》、《卫报》、《观察家报》、《周刊》等等,英国广播公司(BBC)和路透社也设于此。

新加坡的经济在世界经济和全球产业体系中占有重要地位,相比而言,新加坡的文化却远远不能与之相称。因此新加坡政府除了在 2000 年推出了它的跨世纪文化发展战略并开始加大文化领域的投入外,2002 年又公布了"创意产业发展战略"以推动文化产业为主体的创意产业发展。据 2002 年的统计,新加坡创意产业创造的年增加值占 GDP 的 2.8~3.2%,约为 48 亿新元,1986 年至 2000 年间的年复合增长率（CAGR）为 13.4%,高于同期 GDP10.6%的增长率。从事创意产业的公司有 8000 多家,从业人员 7.2 万人,就业人数年复合增长率 CAGR 为 6.3%,而同期全国就业人数增长率只为 3.8%。新加坡政府希望到 2012 年创意产业的增加值能提高到全国 GDP 的 6%,并且树立起"新亚洲创意中心"的声誉。

　　香港商业文化在亚洲乃至全球都享有盛誉,尤其是香港的电影业和唱片业。香港被称为东方的"好莱坞",是亚洲主要的电影制作中心。据统计,2000 年香港就制作影片 150 部。此外,截至 2003 年 2 月统计,香港有 53 份报纸、788 份刊物,不少国际和地区杂志、报纸、通讯社都以香港为东南亚业务基地,部分还在香港刊印,如《亚洲华尔街日报》、《金融时报》、《国际先驱论坛报》、《新闻周刊》等等。香港有 2 家本地免费电视台,5 家本地收费电视台,12 家非本地电视台。总体而言,香港的文化创意产业在亚洲处于领先地位。香港贸发局首席助理经济师曾锡尧表示"创意工业不单直接推动香港经济发展,亦为其他行业及经济活动注入创意元素,有助提升香港各行各业的增值能力,巩固香港的国际贸易及金融中心地位。"香港贸易发展局 2002 年推出的《香港的创意工业》研究报告中称,2001 年香港创意产业增加值大约占 GDP 的 2%。但 2003 年 9 月香港大学受政府委托所作的调查《香港创意产业基础研究》指出,2001 年香港创意产业增加值已占香港 GDP 的 3.8%,为 461.01 亿港元,其中 32.1%为内容生产业,26.8%为生产输入业,41%为再生产及分销业。虽然相比 1996 年的 476.65 亿港元已有所下降,主要原因是香港遭受亚洲金融风暴后经济一直处于低迷状态;但创意产业中也有一些产业一直在增长,如 1996 年至 2001 年间,媒体业年增长为 10.7%,娱乐业年增长 4.2%,报纸印刷与出版的年增长率为 2.4%;而且在创意产业总体经济规模有所下降的情形下,从业人员数同期却有所增加,1996 年至 2001 年间创意产业的就业人数年增长 1.8%,高于总就业人数 0.8% 的年增长率,创意产业从业人员占总就业人数的比例由 1996 年的 5% 上升为 5.3%。

来源:《2003-2004 中国文化产业发展报告》2004 年 2 月

别让企业文化泛滥

企业文化是近年来比较热门的一个话题,在很多谈话中,企业文化似乎就成了个万精油,一擦就灵。而不少企业也多多少少会弄个能体现企业精神的口号,这在国内的 IT 企业也似乎早已形成了一种习惯。可是企业文化毕竟不是"话",随便说说就行。分析当代企业的竞争,归根到底是企业所创造的文化的竞争。因此,如此让企业文化实实在在、旗帜鲜明,如何有效地创造价值,似乎才是企业口号制造者更应该关心的问题。

如今企业都时兴"企业文化",这本是件好事。然而在漫天飞舞的企业口号中,所用之词多是"求实"、"敬业"、"以人为本"、"创新"、"开拓"、"进取"等等。当然从字面上来看,这些无疑都是很有必要的。但如果管理层更多的只是在文意上下工夫,而非真正运用到企业的实践之中,或者是人云亦云,不顾自身的实际情况,让华丽的企业文化词句掩盖了企业面临的真正危机,那么企业文化就只能是给企业帮倒忙了。

认识肤浅化。有的将企业文化工作混同于思想政治工作,认为企业文化工作就是协助所在单位党组织做好员工的思想政治工作。有的将企业文化建设混同于精神文明建设,认为企业文化建设就是搞活动、树典型、唱赞歌。有的将企业文化混同于员工娱乐文化,认为企业文化就是组织员工开展业余文化生活。这三种错误认识的关键点在于完全忽视了企业文化的管理功能,将企业文化建设游离于经营管理之外,导致企业文化建设步入误区。

目标短期化。各家企业文化建设中大多没有科学具体的短期目标和中期目标,加之基层管理人员普遍实行聘任制,导致部分基层负责人在企业文化建设中存在急功近利思想。

工作表面化。企业文化建设中往往只注重表层硬文化建设,一味在视觉识别上做文章,而对流程再造、制度建设、育人和领导力水平的提高等高层次文化重视较少。

　　内容趋同化。不少企业文化建设往往是大同小异，缺少行业特色，缺乏自身个性，缺乏本单位、本地区的创意，陷入低水平重复怪圈。

　　约束软弱化。目前，各企业文化建设效果的考核基本还处于探索阶段，普遍缺乏一套科学的行之有效的考核办法，致使基层企业文化建设的约束软弱化。

　　所以说，企业文化不是企业可有可无的摆设，而是极为重要的灵魂。虽说如此，却也最忌让"文化"泛滥。比如纸上谈兵、有名无实，说的与做的是两码事等等。如果让这种纸上(嘴上)文化泛滥的话，那么危机也必然会在前头等候。这种企业文化异化为无聊把戏，无疑是浪费了纸张，耗费了口舌，葬送了企业。因为企业文化重在解决问题，这一点我们可以从很多成功企业的成功之处得到相关启示。

　　纵观国际国内，不成功的企业有各种各样失败的原因，成功的企业也是各有各的成功特色，但有一点在成功企业之间存在着很高的一致性，那就是他们的企业文化都有其必然的个性烙印。企业文化的优劣对于一个企业的成败可谓至关重要。企业文化会自然而然地影响人的思路，对于企业来说，只有有了统一的优秀的企业文化，才能将员工的思想统一起来，齐心协力地将事情做好。如果没有一种好的企业文化,就很难把握每个人的做事方向。

企业文化并非一时一刻的短期行为。换句话说,企业文化必须符合以客户为中心、以可预期的未来市场为导向,并适应环境可持续发展的原则。适应环境并非指盲从当前的市场热点,而是顺从并引导市场的未来走向。在未来的市场竞争中,厂商的任何服务对用户来说执行起来越简单越好,这意味着厂商和它的每一位员工都必须把"简单"背后的"复杂"留给自己,把真正的"简单"留给用户。简单明了的渠道服务和技术服务对用户来说意味着低获得门槛,对企业来说则意味着一种竞争力。这正如软件企业力求把软件操作界面简单化一样,用户的简单已经成为继质量之后最重要的影响因素。傻瓜相机以简单的操作方法流行至今,微软以简单的操作界面赢得用户,企业的渠道和服务同样将以简单挑战对手。因此,"简单"已经成为企业竞争的一个重要的竞争力。

来源:福卡经济预测研究所编辑

结束语

无边无界与越走越窄

　　当发达国家在世界的"跑马圈地"提升至文化霸权时,中国改革开放带来的工业文明和新经济文明正步步紧逼地侵占农业文明的领地,市场经济制度的推行颠覆了计划经济时代简单和相对稳定的社会经济结构,面对新的生活方式、生产方式和交易方式的不断涌现,传统文化受到前所未有的挑战,国人忽又感受到了文化危机。市场经济的发展似乎捅了文化的马蜂窝,国家、地区、城市和企业开始大谈特谈文化战略,老百姓五花八门的文化消费的胃口也已被吊起来,但往往是稀里糊涂地赶时髦。

　　文化是指导人类一切行为的智慧,其外延是无边无界的。可悲的是,现今学者们对文化的单向度研究,使得文化的概念越走越窄,陷入对细枝末节的纠缠,弄得一地"口水"。正因文化概念的种种误导,人类总是在"生死存亡"的关头才把文化当作救命稻草,或将文化作为达到各种目的的工具,于是有了各种以文化为名义的人间悲剧和闹剧。改造传统文化的善意还一度被演义成打着

"文化革命"旗号的、践踏人的心灵的浩劫,人性恶的一面极度膨胀,曾经的礼仪之邦一时间沦落为信仰缺失、人心无所敬畏的国度,甚至祸及今日文化缺位的市场经济建设。这强力地反证了文化对人类社会的重要性,因此,文化是不可随便被利用的。

反观今日,宽松的政治气氛和工业经济的发展,却助长了人们的自我放纵。纵欲的工业文明消费模式与缺乏理念约束的国人一接头,国人的文化消费虽然释放出巨大的爆发力,但却不知如何消费,出现了如世俗社会以文化的名义醉生梦死,追求感官刺激,陶醉于不用大脑的电视节目,迷恋麻将、游戏,崇尚超前消费,盲目于"哈日"、"哈韩"与"小资"之中的非常现象,有的甚至纸醉金迷,精神颓废,却打着文化消费的幌子自我感觉良好。人们的精神家园迷失在种种"文化消费"的闹剧中。

中国传统文化管用了两千多年,怎么一下子"从天上掉到地下"?因为文化传统和文化竞争力与历史的关系截然相反。文化传统与历史是强相关,时间会冲刷掉其糟粕,保留和发展其精华,因此,一种文化经历的历史越悠久,文化沉淀越厚重,传统文化就越发达。但文化的竞争力却与历史弱相关,文化的竞争力来自文化的先进性,先进性则源于与现实经济基础的适应性而不是沉淀时间的长短,现今世界瞬息万变,对文化适应性和灵活性的要求空前。因此,越发达的传统文化在今天越可能死亡。

但文化竞争力与文化传统之间的非正相关关系,并不意味着传统文化应被全部倒入垃圾箱。文化是人类对宇宙规律认识的积累,后人总是站在前人的肩膀上提升认识的境界。因此,文化的发展离不开传承。同时,文化又是一种与时俱进的智慧,随着时空的变易,新规律必将代替旧规律或充实文化体系,这便是文化的变革。因此,传承和变革既是文化发展的两种不同形态,又是文化生命力之源泉,两者的结合推动文化螺旋式发展。

然而一种"文化自恋症"却成了部分国人的突出表现,即自以为中国文化根基深厚,并以其悠久历史作为骄傲的资本,将历史奉为圣典,坚定不移地"向后看"。而另一些学者则视传统文化为中国落后的根源,原罪则是中国大陆封闭的地缘系统,致使中国文化未能像西方文化那样,因地缘开放易受外力影响而反复变化。于是,设计型文化、灌输型文化、自恋型文化、苦旅型文化、丑陋型文化和克隆型文化等竟成了潮流。其实,文化根基的深浅无关紧要,信息技术的发展已打破了地理桎梏,中国文化发展的关键在于要"向前看",这意味着中国必须进行一场纯文化意义上的革命。

进入 21 世纪后,工业化迅速覆盖全球绝大部分地区,近乎自杀的工业文明的消费方式虽缓解了生产过剩问题,却套上了资源、能源和环境的枷锁,人类已进退维谷。除了改变全球的经济方式外别无选择,"什么都缺就是不缺人"的中国压力尤甚。出路不外乎两个：一是科学，即利用先进科学技术寻找替代能源和清洁能源；二是文化，即利用先进文化的引导，改变人们的生活方式和消费模式。前者只能治标，文化才能治本，显然，社会经济方式的巨大变迁也在呼唤"新文革"的到来。

因此，中国社会的变迁、经济发展和国际竞争的需要都表明，文化是中国的命门。"笨重"的树根型文化与21世纪灵活多变的世界发展趋势格格不入，必然要求这场"新文革"与历史上中国文化的历次流变有根本区别，将具有两大特征：一是颠倒过来，即将文化的源头由历史沉淀翻转为未来召唤，变以史为镜为以未来为风向标；二是与其他文化的关系由交流互补进化为生死碰撞，大无畏地与世界各种文化融合。由此，"新文革"之后的中国文化将是勇于碰撞、善于学习和创新的永往直前的星云型文化。

信息技术正带来消费对象的无形化，生活方式的个性化、情趣化，生产方式的虚拟化和交易方式的网络化。穿过这新经济文明，我们依稀听见由远而近的"新文革"的脚步声。但当我们将视线投回现实时，又清晰地看到阻挡中国问鼎21世纪的力量。这个阻力并非来自"外力"，因为"新文革"要颠覆传统文化的树根，必将遭到保守主义和媚外主义的绞杀。但历史前进的车轮势不可挡，21世纪的中国必将迎来星云型文化的曙光。

图书在版编目(CIP)数据

问鼎21世纪新文化/上海福卡经济预测研究所著. —上海:学林出版社,2005.8
ISBN 7-80668-974-5

Ⅰ.问... Ⅱ.上... Ⅲ.经济—文化—研究—世界—21世纪 Ⅳ.F112

中国版本图书馆 CIP 数据核字(2005)第 058435 号

"福卡智库"
问鼎21世纪新文化

作　　者——	上海福卡经济预测研究所
责任编辑——	曹坚平
封面设计——	鲁继德
出　　版——	上海世纪出版集团
	学林出版社(上海钦州南路81号3楼)
	电话:64515005　传真:64515005
发　　行——	新华书店上海发行所
	学林图书发行部(钦州南路81号1楼)
	电话:64515012　传真:64844088
印　　刷——	上海展强印刷有限公司
开　　本——	889×1194　1/32
印　　张——	4.75
字　　数——	8万
版　　次——	2005年8月第1版
	2005年8月第1次印刷
印　　数——	6000册
书　　号——	ISBN 7-80668-974-5/F·80
定　　价——	10.00元